POR AMOR

MÁRIO MASETTI

POR AMOR

Sá editora

Capa
Moema Cavalcanti

Foto de capa
Can Stock Photo Inc.

Preparação de texto
Marina Ruivo

Revisão
Margô Negro

Projeto gráfico (miolo)
Eveline Albuquerque

Impressão
Bartira Gráfica e Editora Ltda.

Dados Internacionais de Catalogação na Publicação (CIP)

M396p Masetti, Mário.
Por amor / Mário Masetti. Barueri, SP : Sá, 2013.
200p. ; 21 cm.

ISBN 978-85-8202-020-3

1. Literatura brasileira. 2. Romance brasileiro I. Título.

CDU – 869.0(81)-31
CDD 869.3

Índices para catálogo sistemático:
1. Romance brasileiro 869.0(81)-31
(Bibliotecária responsável: Sabrina Leal Araujo - CRB 10/1507)

SÁ EDITORA
Tel./Fax: (11) 5051-9085 / 5052-9112
E-mail: atendimento@saeditora.com.br
www.saeditora.com.br

Para Mário, meu pai, e Antonio, meu filho.
Olhos que brilham.

Tutto nel mondo é burla[1]

1 Tudo no mundo é zombaria. Ária final de *Falstaff*, Verdi/Boito.

1

Obituário

Faleceu neste sábado, em São Paulo, o escritor, historiador, advogado e jurista Frederico Penteado da Silva Jardim. Filho de uma família tradicional de cafeicultores, desde menino manifestou seu interesse pelas letras e pela cultura. Advogado por formação, estava retirado há três anos de suas atividades culturais e profissionais, convivendo com a doença conhecida como mal de Alzheimer. Nascido em Santo Antônio de Posse em 1923, Frederico Penteado da Silva Jardim, que completaria 89 anos no dia 9 de março, mudou-se para Ribeirão Preto com apenas oito anos de idade. Em 2005, o escritor lançou o livro Memórias no tempo, *que narra fatos relevantes de sua vida ligados a acontecimentos da história do Brasil. Frederico, dentre várias distinções, era membro da Academia Paulista de Letras, do Instituto Paulista de História, do Conselho da Ordem dos Advogados do Brasil (OAB) – Seção São Paulo, catedrático da Faculdade de Direito da Universidade de São Paulo, colunista do jornal* O Estado de S. Paulo *e de diversas revistas. Jurista combativo, teve atuação marcante e reconhecida em diversos momentos da história do país, sobretudo no movimento que ficou conhecido como Diretas Já. O corpo do escritor está sendo velado no Salão Nobre da Faculdade de Direito da USP e será sepultado no Cemitério da Consolação. Frederico Penteado da Silva Jardim deixa a esposa, dona Carmen Terezinha da Silva Jardim, os filhos Frederico Penteado da Silva Jardim Filho, Virgínia da Silva Jardim Loschiavo e Vera Terezinha da Silva Jardim Tauffenbach, além de oito netos.*

2

Começam pontudos, lá em cima. E vêm descendo e se alargando. Sempre se retorcendo, lembrando a agonia parafusando o ar. Só dão em cemitério, nunca vi em outro lugar. E todo mundo chama de pinheiros de cemitério. Cemitério é um lugar calmo, tranquilo. No meu tempo de *office boy*, eu vinha pra cá matar serviço. Ficava sentado, pensando na vida. E hoje, enquanto o velho não é enterrado, estou aqui, me distraindo de novo com estes pinheiros.

O calor está bravo. Essas pessoas não param de falar. Esse blá-blá-blá. E nós aqui, parados em pé, debaixo deste sol, sem nenhuma sombra.

A gente é que devia falar. Três anos cuidando do velho. Nós três aqui. Dia e noite. E até que ele era uma pessoa bem bacana. Foi um jurista famoso, uma autoridade mesmo. Pelo número de pessoas discursando aqui neste calorão, dá para ver a importância que ele teve. Só que virou um louco, me envergonhou várias vezes, era só palavrão e sacanagem. Uma vez, elogiou a bunda da mulher de um juiz amigo dele. O cara apresentando a mulher e ele dizendo “bela bunda, dona Dulce”. Ficou aquele silêncio na sala, ninguém sabendo se ria, se não ria. Outra visita, um grupo de novos magistrados, pediu a opinião do professor. Ele fez uma pausa, como se estivesse pensando numa resposta séria, e arrematou: “Tudo que vocês estão falando é uma grande merda, cambada de imbecis!”. Em dois anos, ficou apático, dependente e prostrado, um olhar murcho, sem vida, cinza. Morreu ontem no meu turno. Parou, de repente. Sem barulho, sem um gemido. Pior é que eu tive que acordar a velha e dizer: “Ele parou”. E ela, me olhando, sem saber o que fazer, com aquela cara de que é que você andou fazendo pra ele parar assim de repente?

Foram três anos de dedicação. A gente vira uma espécie de melhor amigo do cara. Dá banho, dá comida, dá remédio. Troca fralda, põe música e filme para ele se distrair. Três anos, a mesma rotina. Acorda, abre a janela, um bom-dia professor quase cantado. Vira ele na cama, tira a fralda, vem para o outro lado. Um abraço bem forte, conta até três e levanta. Com a ponta do pé, deixa a cadeira de rodas no jeito pra escorregar até ele sentar. Empurra para o banheiro, outro abraço, conta até três de novo, levanta, gira o corpo dele e vai descendo com calma até que ele sente na privada. Abre então a torneira da pia, a água corre com aquele barulhinho que estimula a mijada matinal, abraça, conta, levanta, gira e desce até sentar e empurra o velho de volta pra perto da cama, e então tudo de novo, só que dessa vez deita ele e vai para o armário e escolhe a roupa e volta ao banheiro e abre a água e mistura frio e quente sentindo com as costas da mão e volta para o quarto e abraça, conta, levanta, gira, desce, empurra até o banheiro. No banheiro, abraça, conta, levanta, gira, faz ele segurar na barra e vai tirando a roupa. A calça, a cueca e as meias. Abraça, conta, levanta, gira e senta ele no cadeirão para o banho, que é furado e com rodinhas. Tira a camisa do pijama, a camiseta e ele está pronto. Empurra o cadeirão. Ele sente a água no corpo e fica feliz. Começa a cantar. Como velho gosta de água! Nesse momento sou eu que tiro a minha calça, os sapatos, ponho uma bermuda e um chinelo, luvas de borracha e esfrego aquele corpo que se acaba, sem músculos, pelancudo. Uma pele fininha, parece que quer rasgar. Qualquer batidinha mais forte e já o sangue coagula, deixando uma mancha bem feia. E eu esfrego, ensaboo e ele canta "O Sole mioooooooo! Libiamo, Libiamo!". Ele grita de alegria. A mulher entra, cara interrogativa a respeito das razões para o velho gritar. E agora ela é só lenço debaixo dos óculos escuros, fingindo secar uma lágrima que não existe. Enterro é um desfile de óculos escuros. Um disfarce para as pessoas não verem a falta de choro. E cada óculos caro! Camelô passou longe. Como destoa. Todo mundo com terno escuro, vestido escuro e os óculos espelhados de ir à praia, andar de moto. Acho que devia existir óculos de ir em enterro. Ou então não existir, assim as pessoas teriam que chorar de verdade.

Amanhã começo a esperar. Gente com um pai ou mãe precisando de quem olhe e cuide. E a gente cuida, olha, se apega e passa a gostar, mas ao mesmo tempo sabe que é uma viagem sem volta. Vi muito político virar criancinha e querer brincar com bonequinho. Muito professor universitário ficar recitando, ininterruptamente, quadrinhas infantis pornográficas. Muito médico, daqueles bem importantes, que descobriram a cura de um monte de doença, passar o dia cantando marchinha de carnaval. E a gente tem que embarcar na nova viagem dos caras e brincar, cantar e recitar junto, torcendo para que essa fase demore bastante, primeiro porque o nosso emprego está garantido e segundo porque depois vem a prostração, a tristeza... o silêncio. Vai! Enterra logo o velho. Quem beijou, beijou... quem não... fecha o caixão. Missão cumprida. Abraços em toda a família. Abraços na equipe que revezava comigo e de novo a solidão.

3

É uma profissão complicada. A gente é humilde, pobre e desinformada. Geralmente mora longe, na periferia. E quando não dá duro em hospital, com plantões intermináveis onde se vê de tudo, tiro, facada, gente morrendo das doenças mais comuns, mulher espancada pelo marido e velhinhos assustados apodrecendo em macas estacionadas em intermináveis corredores, trabalha como cuidador, enfermeiro particular, quase sempre de bacanas endinheirados com filhos que não têm tempo para se dedicar a seus pais.

Sou bom na profissão. Entendo do assunto e estudei bastante pra chegar nesse patamar. E gosto do que faço. Sei cuidar e prolongar ao máximo a vida dos meus pacientes, dando conforto, alegria e sentido aos poucos anos que eles ainda têm pela frente. Sou organizado e cauteloso. Aplico injeções, dou comida, sempre muito devagar, vigilante com a deglutição, que, com a idade, se torna difícil. Dou banho, limpo cocôs e xixis e passeio com eles, a pé, em cadeira de rodas, do jeito que a doença permite. E sei também tirar proveito do que o trabalho me proporciona. Cuidei de engenheiros, professores das mais diferentes cátedras, empresários, juristas, militares, esportistas, e de cada um adquiri ensinamentos. Em cada casa, aprendi a comer os mais diferentes pratos, sofisticados ou não, a utilizar diferentes copos, taças e talheres, dividindo as mesas com famílias e convidados elegantes. Ouvi música selecionada, li em voz alta uma infinidade de textos, dos técnicos aos poemas. Fui aprendendo um linguajar diferente do que se fala em meu bairro e convivendo com pessoas que usam roupas e joias que meu salário não pode comprar. Gente sempre bonita e perfumada.

É uma profissão contraditória. Quando não estou trabalhando, vivo mal, numa casinha pequena, enfiada nos confins do Jardim Ângela, periferia de São Paulo, conhecido menos por suas virtudes e mais por seus defeitos: bairro sem saneamento básico, esgotos a céu aberto, luz roubada de postes cheios de fios emaranhados, sem asfalto, sem escolas, sem postos de saúde, sem nada. E com um índice de violência dos mais altos da cidade. Outra vida, outro linguajar. Comidas simples, arroz, feijão e mistura, um franguinho ensopado com batatas, ou bife de carne de segunda, ou ainda macarrão de pacote, com molho de massa de tomate. Funk, axé, pagode ou musica evangélica é o que martela nos nossos ouvidos. E como lazer, dias e noites jogados fora, enchendo a cara em botequins sujos e fedorentos, ou então com os olhos pregados na televisão. No Jardim Ângela, readquiro os hábitos e ensinamentos que a vida me deu. Viro malandro, falo na gíria local, uso bermuda e chinelo, acirrando ainda mais a diferença com as minhas atitudes profissionais: fala polida, comportamento educado e subalterno, além das roupas brancas, impecáveis e cheirosas. E assim ajudo a deixar mais evidentes as diferenças sociais que existem na maior cidade do hemisfério Sul.

A periferia é longe do centro da cidade ou dos bairros dos bacanas. Um mínimo de duas horas espremido dentro de um ônibus, compartilhando os cheiros dos mais estranhos perfumes emanados dos sovacos impregnados de milhares de trabalhadores. E quando chego ao trabalho, a diferença. Casas amplas e cheirosas, carros com choferes estacionados nas garagens e prontos para, ao menor estalo de dedos de seus patrões, saírem para supermercados sofisticados ou butiques de roupas, de pães ou de vinhos caríssimos.

Mas não reclamo. Um dia a sorte me bafeja e eu saio do Jardim Ângela e também viro um bacana.

Por enquanto, espero o telefone tocar, me chamando para um novo trabalho, outro paciente que esteja precisado de alguém que lhe cuide.

4

Gosto deste bairro. Saltando do ônibus na Cardoso de Almeida e descendo a Caiubi, vê-se o mar de árvores e, ao fundo, o dos prédios de Higienópolis. Já fiz muitas vezes este caminho, um belo atalho pra chegar no estádio em dia de jogo. Os bares e lojinhas vão rareando e os casarões se impondo na paisagem. O som dos passarinhos se mistura a um chac chac chac de vassouras de piaçava raspando no concreto das calçadas. Creolina e sabão deixam no ar o cheiro de limpeza. O que será que tanto limpam? Deve ser o mijo dos corinthianos que invadem o bairro em dia de jogo. Já mijei muito nessas ruas. Cidade sem banheiro. Saída de jogo, a gente se encosta numa árvore e manda bala. Se a gente imaginar que o Pacaembu tem 30 mil lugares, são 30 mil caras mijando no bairro, que devem deixar um cheiro legal! Haja desinfetante. O camarada sai do jogo. Noventa minutos ali, colado no campo torcendo para o time ganhar, segurando a vontade, pra não perder o momento do gol, que nunca chega. Quando acaba, se não mijar na rua, acaba mijando no ônibus, o que, convenhamos, é muito pior. Eu aqui pensando e aquela magrinha com a vassoura me olhando. Está achando que eu sou um dos 30 mil mijões corinthianos que fazem ela ter que desinfetar a rua todo dia.

Outra coisa que tem muito aqui no Pacaembu é guarita de guarda particular. São vários guardinhas olhando para o nada, um falando com o outro, implorando pra nenhum ladrão aparecer. Cada guarita é uma obra de arte! Televisão bem pequenininha, radinho. Uns gatos fazendo a ligação perigosa com a eletricidade das casas. Cadeira de plástico quebrada, de uma cor que um dia foi branco. Todas têm almofadas velhas, descoradas, que ficam expostas ao sol, para tirar um cheiro azedo que já se impregnou.

Muita árvore no bairro, o que deixa a temperatura agradável. Caminhar por aqui dá uma sensação gostosa. Mas tem que ficar esperto. As raízes não têm espaço pra crescer e forçam a saída pra cima, até quebrar o concreto. Se vacilar, é uma topada daquelas de deixar o dedo pra trás. Muita árvore morta também. Cupim. O bicho vai comendo a árvore por dentro, afofando a madeira até virar um pozinho. Por isso que cai árvore de montão quando vêm aquelas tempestades de verão.

Cada casa! Jardins bem cuidados, com belas flores. Se eu não fosse enfermeiro, seria jardineiro. Gosto de mexer com planta. Acalma, revigora. Esta aqui parece um castelo! Tem até uma torrinha. Esta outra, supermoderna, com os vidros verdes. Na parte do fundo, se tiver janela, dá até pra ver o jogo. Aquela ali é praticamente suspensa no morro. Tá pendurada. Como vai ser a que eu vou trabalhar? No telefone a mulher falou pouco. Só disse que a mãe estava precisando de gente pra cuidar. Que são três irmãos que não têm tempo. Não tinha grana pra pagar uma equipe, mas garantia que ela não dava tanto trabalho. Só trabalharia de segunda a sexta, no final de semana podia ir pra casa. A grana não é muita, mas também não é pouca. Deve ser uma casa grande e silenciosa, e se os filhos não moram lá, pode ser uma boa. Não suporto filho e mulher de doente. Vira uma vigilância. Parece até que você foi contratado pra machucar ele. Tem paciente que fica sem força nenhuma, não ajuda em nada e, desajeitado, você segura ele com a ponta do pé, arrasta uma poltrona, se apoia numa parede pra deixar ele mais firme, e logo vem um pra falar: "O chão está todo riscado! A parede está suja!". As pessoas confundem as coisas e, se der mole, você vira cozinheiro, faxineiro, babá de neto, chofer e até vai fazer supermercado pra casa.

Um muro alto esconde o que foi uma casa aberta, com um grande jardim, que cria uma distância até a entrada. À direita um portão de garagem de ferro e no meio do terreno, também de ferro, uma porta estreita. Só. É o que se consegue ver na frente do casarão. Recuei para o outro lado da rua e consegui ver um bico do telhado da casa. Olhei pra direita e pra esquerda e vi cabeças de guardas particulares saindo de todas as guaritas da rua. As domésticas varredeiras também olharam, criando uma pausa no chac chac. Rapidamente voltei para a porta da casa, respirei fundo e apertei o interfone.

5

Enquanto esperava, ouvi um arrastar de pernas. Uma velha atendeu. Apesar do calor, estava toda enrolada em panos e calçando meias. O olhar opaco mostrava uma idade avançada, pra lá dos oitenta. Será que eu iria cuidar dela? Se fosse, tudo bem. Pelo menos ainda caminhava com as próprias pernas. Logo ela falou: "A menina ainda está a dormir. A pequena não poderá vir, pois está com o miúdo febril. Mandou um bilhete que está por sobre a mesa. Entre, o pequeno almoço ainda está posto".

A lentidão do arrastar de pernas da velha me permitiu ver aquilo que um dia foi um jardim. Um pequeno gramado, tão seco que já não era mais verde. Os canteiros, um matagal! E no chão, espalhadas, as folhas enormes caídas de uma palmeira já seca. Ao lado, uma velha mangueira sem folhas deixava o panorama mais triste. Aquele jardim era um criadouro de mosquitos. O cenário lembrava reportagens na televisão, de bombardeios em países árabes. Nada colorido, tudo marrom e cinza.

Passamos por uma varanda. Poltronas de vime com almofadas floridas e desbotadas e uma rede apodrecida pelo tempo. Era formada por vários arcos e em cada um, toldos, com panos desbotados e rasgados que ajudavam a compor o campo de guerra.

Lá dentro, outro cenário! O chão de tacos muito bem encerado e conservado. Parede forrada de quadros e tapetes coloridos davam vida àqueles ambientes. Logo na antessala, um móvel antigo, cabide e porta-guarda-chuvas. Na parede, de frente para a porta de entrada, um quadro enorme de uma mulher jovem e bonita destacando-se dos outros: um retrato da soprano Amália Sobreira, com assinatura e data. Passamos por uma sala dividida em dois ambientes, um com sofás e poltronas, cobertos, deixando claro que a sala nunca era usada. Um carrilhão fazia um tique-taque forte. No outro ambiente a mesa de jantar, muitas cadeiras, um móvel encostado na parede e vários objetos em cima, e uma enorme quantidade de quadros. Chegamos na copa, onde havia uma garrafa térmica, pães e bolos, queijos, manteiga e suco. Me servi de um pouco de café com leite e de uma fatia de bolo. Um bolo gostoso, fofinho, de laranja, com um açúcar durinho em cima, que quase derretia na boca. Elogiei o bolo, ela agradeceu com um sorriso de vaidade e me estendeu um bilhete.

> *Jefferson:*
> *Peço desculpas por não estar presente no seu primeiro dia de trabalho. Meu filho passou mal à noite, levei-o ao pronto-socorro. Ele está com muita febre e não posso sair de casa. Com a minha mãe, o trabalho é simples. Ao acordar, levá-la ao banheiro, vesti-la, colocá-la na cadeira de rodas e, se o tempo estiver bom, levá-la ao sol. No quarto*

tem um terraço, o sol bate sempre pela manhã. Depois, banho. Tem uma cadeira apropriada que já fica no banheiro. Enquanto isso, dona Filomena arruma o quarto e a cama. Ela sempre dorme mais um pouco e acorda para comer. O almoço é servido no quarto e em seguida ela pega no sono. Volta a acordar perto das seis horas da tarde. A partir daí, fica no quarto, assistindo à televisão e volta a dormir à meia-noite. Fique à vontade para mexer na disposição dos móveis de maneira que seja o mais prático para o seu trabalho. A Fátima, filha de dona Filomena, chega na sexta-feira à noite e sai na segunda bem cedo. Peço que espere ela chegar e que volte na segunda-feira antes das oito horas, horário em que ela sai. Oriente as duas para que o ajudem da melhor maneira. Tem uma caixinha com dinheiro para imprevistos e compras de última hora. Não tenho dia fixo para passar por aí, faço isso nos horários que sobram, portanto é melhor nos comunicarmos pelo computador que fica no escritório. Me mande um e-mail com seus dados bancários para o depósito do pagamento, que será efetuado todo quinto dia útil do mês, nos valores que combinamos por telefone. Espero que você e mamãe se deem bem. Qualquer dúvida, escreva ou telefone: ritaso@gmail.com – Cel.: 99961-1326. Obrigada.

PS – Meus irmãos, Maria e Carlos, aparecem de vez em quando para visitar a mamãe. Eles têm a chave da casa. Não se assuste.

Depois do café da manhã, continuei minha inspeção. Ainda na parte de baixo, mais duas salas grandes. Na aberta, o escritório, grande, uma escrivaninha bem antiga, um monte de papel em cima. Ao lado, um computador velho.

Um cabo azul indicando que a internet foi instalada recentemente. Nas paredes, estantes com pastas e livros. Um janelão dá para a parede lateral da garagem. Saí do escritório para a sala ao lado. Trancada. Subi as escadas, olhando vários quadros. Todos mostram fotos de cenas teatrais, com uma mesma mulher. Olhos pretos, bem pretos e muito expressivos davam um sentido àquelas fotos. Seria a minha paciente? Tomara. Naquele olhar, havia vontade de viver. No alto da escada, um corredor dá acesso a três quartos. Uma faixa limpa na passadeira empoeirada mostra o caminho mais usado. Atrás daquela porta está a pessoa que vou cuidar. Nos outros quartos, a decoração mais descontraída indica que houve vida agitada naquela casa. Sacos de limpeza exalam um cheiro nada agradável de toalhas sujas, fraldões e papel higiênico. Dona Filomena se desculpou imediatamente: “Minha idade avançada não permite que eu fique subindo e descendo a toda hora para limpar a sujeira”. Sorri compreensivo. Já embaixo, senti que a velha cozinhava muito. Cheiros deliciosos vindos das panelas. Eu iria passar bem naquela casa. Uma porta na cozinha levava para o quintal, que reproduzia a cena de guerra do jardim. Tudo cinza e marrom. Ao fundo, varais cheios de roupas estendidas e uma pequena casinha, o lar de dona Filomena.

De volta à copa, me sentei frente a frente com a velha senhora e comecei o questionário. Ela tinha 84 anos, era portuguesa. Veio para o Brasil com Amália, nos anos 1940. Dona Filomena era filha da empregada doméstica dos pais de Amália e uma espécie de babá/acompanhante da menina. Vieram juntas, quando Amália se casou com o barítono Amadeu Barata e este resolveu voltar para sua terra natal, depois de ter feito muito sucesso na Europa. Amália fez carreira de soprano no mundo inteiro, mas sempre morando em São Paulo. Parou de cantar na década de 1970. Depois, produziu espetáculos e concertos até a doença se manifestar, há cinco anos. Começou devagar, com esquecimentos e confusão mental, trocando as coisas de lugar, falando coisas sem nexo, cometendo pequenas gafes. E aos poucos foi se agravando. A fala diminuindo cada vez mais, a locomoção também, e agora se encontra nesse estado, sem falar, sem se locomover sozinha. Tem um médico que vem de vez em quando, examina e passa alguma medicação. Filomena não conseguia dar conta do serviço de toda a casa, além de cuidar de Amália. O dinheiro é controlado por uma interventora desde que os filhos a interditaram. Grande parte da sua fortuna está fora do Brasil, mas existe um problema legal para mexer com o dinheiro. Os imóveis também não podem ser vendidos. Por isso a casa está do jeito que está, precisando de reforma e mais empregados.

A panela de pressão chiava e ela foi apagar o fogo. O cheiro tomou conta do ambiente. Minha boca se encheu de água e olhei no relógio. Dez horas. Da babá eletrônica que ficava na copa, ouvimos uns gemidos. Ela estava acordando.

6

Subi a escada, saltando de dois em dois degraus. Coloquei a mão na maçaneta e veio o frio na barriga. Melhor esperar a velha, que subia sem fôlego os muitos degraus da escada. Abrimos a porta. O quarto estava escuro, as cortinas fechadas. A doença tem odores fortes que imploram a todo instante que as janelas sejam escancaradas, que o ar entre e que o cheiro gostoso expulse o forte. A luz do corredor invadiu o quarto e percebi dois olhos brilhando. Eram os mesmos olhos que vi nas fotos da escada. Tem olho que brilha e tem olho que não brilha. O que brilha indica que a pessoa está ali, querendo viver. É aquele olhar que não para, procura, como se fossem duas mãos estendidas. E tem os olhos turvos, que mostram que o vivente já morreu, já não quer procurar mais nada e que está ali apenas esperando que alguém passe e avise que ele já se foi. Quando o olho brilha, vale a pena. Não importa se o cara era antes o maior físico nuclear do mundo ou a maior bailarina da face da Terra e hoje é um corpo inerte e prostrado. O olho está lá, dizendo o tempo todo estou vivo, quero continuar vivo. Pra gente é um alento. É esse o motivo da nossa profissão. Provocar o olhar do paciente, propor as maiores loucuras e perceber que aquele olhinho está ali, concordando. Aí o trabalho acontece. É cantar junto com o paciente, tomar banho junto que nem criança, brincar, se divertir. E com o tempo você percebe que está falando com um olhar que sutilmente concorda, discorda, entristece ou alegra, reclama, chora e ri.

Dona Filomena entrou com uma cantilena decorada de falsa alegria. Um tatibitate, um bom-dia de mentira e mecânico. Abriu as cortinas, a janela e o cheiro úmido e doce do ar invadiu o ambiente. No mesmo tom do tatibitate, me apresentou: "Olhe quem está aí? É o Jeff. O novo acompanhante". Aquela voz portuguesa, cantada, infantil. Constrangido me adiantei, mão esticada, para cumprimentar dona Amália. Sua mão não se moveu, mas o olhar, novamente misto de alegria e súplica, cruzou com o meu. Me apresentei e disse por que estava ali, que tinha certeza de que ela iria se sentir bem melhor estando ao meu lado. Dona Filomena foi saindo, iria preparar o pequeno almoço da menina. Me sentei à frente de Amália. Era uma mulher bonita. Mas estava esculachada, este o termo. E suja. Com uma peruca que não via pente e escova há muito tempo. Roupas puídas, com resquícios de comida caída e já ressecada. E a pele implorando por algum creme que a deixasse mais suave e hidratada. Estendi a mão e seus olhos me disseram que não conseguiria tirar a sua debaixo das cobertas para encontrar a minha. Puxei com cuidado seu braço para fora e coloquei minha mão sobre a dela. Ela estava coberta demais. Mania que as pessoas têm de associar qualquer doença com frio. Estava debaixo de lençol, dois cobertores e ainda uma colcha grossa, além da camisola de flanela. Isso tudo em pleno verão de São Paulo. Afastei algumas cobertas e fui até o armário procurar roupas mais adequadas. O armário era enorme, ocupava de ponta a ponta a parede do quarto. Várias portas. Repleto de roupas! Algumas dentro de plásticos deixavam entrever pedrarias, cetins, brilhos. Num outro setor do armário, roupas mais leves e esportivas. Parei ali. Escolhi um vestido de cor clara e estampado de flores, que achei adequado para aquele dia de sol. De vez em quando, virava o corpo para vê-la e percebia seus olhos perseguindo meus movimentos. Sorri. Ela também.

O cheiro maravilhoso do bolo de laranja, do café, do leite, de ovos fritos e do pão fresquinho interrompeu minha atividade com as roupas. Coloquei-a na cadeira de rodas, que cheirava mal. Sua roupa também cheirava mal. O quarto, o chão. Só o café da manhã de dona Filomena cheirava bem. O lugar precisava de uma faxina urgente. Devagar, fui dando comida para Amália, que comeu com vontade. Amália Sobreira... Deve ter sido uma mulher importante. Lembrei das fotografias na escada. Uma delas especialmente, num teatro, o palco forrado de buquês de flores. A plateia em pé, aplaudindo forte. Amália agradecia, mãos sobre o coração, emocionada.

Olhava em volta para estabelecer um plano de limpeza daquele lugar. Muita água, sabão, desinfetantes, roupa limpa, ar, muito ar, luz, claridade, vida.

Terminado o café da manhã, deixei-a à sombra, liguei o chuveiro e a água correu. Pedi para dona Filomena arrumar a cama, enquanto lavava a cadeira de banho. Abri gavetas e armários, e achei, sob a pia, um recipiente de um desinfetante. Joguei sobre a cadeira e esfreguei, enquanto a água corria. Empurrei a cadeira de rodas para perto do chuveiro e comecei a operação banho. Pedi a dona Filomena que ficasse em pé, apoiando Amália. Levantei-a e rapidamente fiz a substituição das cadeiras. Sempre com os olhos, ela reclamou do molhado frio da cadeira de banho em seu corpo quente. Fui tirando as roupas sujas, revelando uma nudez de corpo sem sol, a pele fina e enrugada. Agora, meu maior receio. A peruca! Respirei fundo e, sem olhar, peguei pelos lados e puxei. De novo uma lufada de mau cheiro. Olhei para dona Filomena, que baixou o rosto, reconhecendo que Amália estava muito malcuidada. O descuido, a sujeira e aquela vontade de disfarçar a falta de cabelos com uma peruca abafada e incômoda colaboravam para aquele estado. Joguei a peruca num saco plástico, as roupas num outro e empurrei Amália para baixo da água. Ela fechou os olhos e esboçou um sorriso de agradecimento. Aquele banho era o primeiro passo para uma nova vida, agora limpa e feliz. A água correu em seu corpo. No corredor da escada, abri a porta contígua e vi no outro quarto o que me interessava, uma poltrona Bergère. Abri as janelas, deixando a luz e o ar entrarem. Voltei para o banheiro, tirei meus sapatos e camisa e comecei a ensaboar Amália pelos pés. As unhas estavam longas e sujas, pedindo para serem cortadas. Com um palito, cavoquei a sujeira impregnada, e com a mão em concha fui jogando água. Subi lentamente pelas pernas, medindo a força das mãos, para não ferir a pele delicada. Cheguei nas partes íntimas e as secreções foram se soltando. Percebi um gemido de Amália. De dor, desconforto. Assim mesmo, fui forçando a saída do que estava ressecado, ainda que aquilo irritasse a sua pele. Listei em minha cabeça a necessidade de uma pomada para as assaduras que sabia iriam se formar. A bucha, sempre trabalhando, agora subia pelas costas e barriga. Por baixo daqueles peitos murchos e caídos, também secreções, desta vez menos malcheirosas. Cheguei ao seu rosto e cabeça, e seu olhar parecia dizer: "Lava, limpa, renova, quero viver, lava, lava!". Tapei uma narina e pedi que ela soprasse com o nariz. Soprou um ventinho fraco, fraco. Afastei suas costas do espaldar da cadeira para lhe dar mais força. Ela soprou de novo, até que a sujeira saiu. Repeti a operação na outra narina. Agora sem as luvas, tirei as secreções que estavam em volta dos olhos e olhei para aqueles cabelos ralos e finos e que dariam um trabalhão para desembaraçar. Primeiro o xampu. Esfrega, esfrega, limpa, limpa. Depois um condicionador. Esfrega de novo, limpa de novo. Agora a escova e, em seguida, um pente. Todos os pelos desembaraçados formaram um cabelo possível de se pentear. Abri a boca de Amália, friccionei seus dentes e vi a sujeira acumulada. Na minha lista imaginária marquei uma consulta ao dentista para ajudar naquela limpeza. Repassei com os olhos aquele corpo frágil e decretei que ele estava limpo, renovado. Dona Filomena, empolgada com aquela faxina humana, surgiu com um estojo de couro avermelhado com cortadores, tesouras e outros ferrinhos. Aparei as unhas de Amália, primeiro as dos pés e em seguida as das mãos. Pronto. Agora vesti-la. Voltei para o armário enorme, ao setor central, onde estava o vestido que escolhi. Em gavetas, achei roupa íntima, meias e mais abaixo ainda um exército de sapatos. Descobri um, de lona e sola de borracha, que achei adequado para o vestido florido. Fui buscá-la no banheiro. A cama já estava arrumada, com roupa limpa e cheirosa. Deitei-a, comecei a enxugá-la. Finalmente, já vestida, penteei os pequenos tufos de cabelo que foram cobrindo os espaços que sua quase calvície deixava abertos.

Ela ficou bonita com aquele vestido e o cabelo grisalho, curtinho, curtinho. Voltei-a para a cadeira e decidi que iria ficar mais um pouco no terraço antes de dormir na Bergère do quarto ao lado, enquanto limparíamos e desinfetaríamos o seu.

Parei para ordenar na cabeça o que deveria ser feito em tão pouco tempo: tirar o colchão da cama e descobrir outro, enquanto aquele seria lavado. O do quarto da Bergère serviria. Arrastar a cama para o terraço, lavar o chão, que era de tacos, será que a água iria estragar? Melhor eles estragados do que aquela sujeira entranhada. Desinfetar tudo. Tirar a poeira acumulada de todos os vãos, frestas, paredes e gavetas.

Volto para o terraço e descubro Amália já dormindo, desajeitada na cadeira de banho. Empurro-a e coloco-a na Bergère. Ela olha curiosamente o ambiente e volta a fechar os olhos.

7

Com o quarto limpo, tirei a roupa e me pus no chuveiro para um merecido banho. Debaixo da água, mais uma vez ordenei outras tarefas: necessidade urgente de um contato com a filha de Amália, para compras de coisas básicas. Me vesti e cheguei ao quarto no momento em que dona Filomena subia com a bandeja do almoço. Arroz, feijão, frango desfiado, legumes e espinafre. Amália já acordada. Coloquei a colher em sua mão e estimulei para que comesse sozinha. Ela me olhava, só isso. Coloquei minha mão sobre a dela e forcei para que levasse à boca a colher com a comida. Olhei sério. Ela assimilou a mensagem. Trêmula, aproximou a colher da boca, abriu e comeu! Voltou a colher para o prato e levou-a de novo à boca, deixando cair comida no meio do caminho. Olhei em volta e vi uma mesinha alta, que iria reduzir o percurso do prato até a boca. E ela comeu. Desajeitada, mas comeu por conta própria. Era o que eu queria.

A operação almoço demorou mais de uma hora. Ela e eu contentes com os progressos. Os olhos aguentaram abertos por pouco tempo. Incrível como nessa idade e nessas condições qualquer exerciciozinho cansa e dá sono. Ela iria dormir por algumas horas e eu dei graças a Deus, porque finalmente ia comer! O cheiro daquela comida me deixava louco. Voltei Amália para seu quarto limpo e desinfetado. Ainda no meu colo, ela percebeu a mudança e me olhou agradecida. Deitei-a, aproximei a babá eletrônica e saí. Desci as escadas correndo e entrei na copa, morto de fome. Comi, comi e comi. Ainda voltei no fogão e comi mais. Cheinho, penso em rede, esteira, cama... Avisei dona Filomena que iria dar um cochilo e sentei na poltrona do terraço, tendo à minha frente aquele cenário sujo, feio e desolado. Meu sonho estranho é: um campo de guerra cheio de guaritas, guardinhas assustados. Eu e Amália na cadeira de rodas, enfrentando empregadas domésticas que empunham vassouras enormes nos impedindo de avançar. Amália grita como se fosse a líder de meu grupo. Grita, ri e gargalha. Sente um prazer enorme naquele jogo. E a cadeira avança, escapa de vassouradas e jatos de água espumada vindos de baldes imensos. Lá no fundo, a velha Filomena ao lado de um fogão prepara comida. É para lá que temos que avançar. E eu. com uma tremenda dor de barriga e ao mesmo tempo com vontade de mijar, sou impedido pelas domésticas que me ameaçam com suas vassouras. A dor de barriga piora e é ela que me faz acordar assustado, para procurar um banheiro. Depois sentei à mesa da copa. Nenhum barulho diferente no chiado da babá eletrônica. Pedi a dona Filomena um caderno para colocar a rotina de Amália, horários de banhos, remédios, massagens e comidas. Também uma lista de necessidades básicas. Queria fazer um estoque: material de limpeza do quarto, xampus, condicionadores, luvas de borracha, fraldões, material de primeiros socorros, sabonetes e pastas de dentes. A velha mostrou uma caixinha com dinheiro para a compra de materiais. Perguntei se havia um comércio por perto para comprar essas coisas. Lá embaixo, ao pé do estádio, disse ela. Olhei para o relógio e Filomena disse que eu poderia ir tranquilo, Amália só acordaria no final da tarde. Peguei o dinheiro e saí para a compra e para minha primeira incursão pelo bairro. Desci a rua acompanhado por todos os olhos que nela estavam e fui tentando ser gentil, cumprimentando os poucos que tinham coragem de me encarar. Sou negro, bem negro, e com roupa branca viro um cara que se destaca na paisagem. O guardinha da guarita da casa ao lado veio me dar boas-vindas, estava à disposição pra me ajudar no que fosse preciso. Me contou que a família tinha abandonado Amália naquele casarão e que a vizinhança já estava reclamando. Sujeira, risco de dengue, pintura descascada e malcuidada depreciavam a rua e blá-blá-blá etecetera e tal. Respondi com um sorriso e falei que era apenas um enfermeiro acompanhante, contratado para cuidar de Amália. Em poucos minutos todo o bairro estaria sabendo quem sou e a que vim. Apressei o passo e cheguei ao larguinho do Pacaembu. Posto de gasolina, supermercado, farmácia e boteco. Entre o supermercado e a farmácia, fiz as compras necessárias para aquela semana e voltei rápido para a casa. Queria ter tempo de explorá-la um pouco mais, antes de Amália acordar.

8

Deixei as compras na mesa da sala. Mobília pesada, antiga. Nas paredes, o aparador e uma cristaleira. Abri algumas gavetas e vi toalhas de renda, certamente portuguesas. Talheres de prata, pesados. E na cristaleira uma coleção que ia dos pequeninos copos de licor até taças grandes de vinho. Todos de cristal finíssimo. Ali tinha sido lugar de grandes banquetes. Muitos quadros. Grandes, pequenos, modernos, antigos. Num canto, um detalhe: a mancha de poeira de um quadro que havia sido retirado, deixando exposto o prego que o segurava.

Ao lado, sem divisão com a sala de jantar, outra sala enorme, com várias poltronas, sofás e mesinhas de apoio. Paredes também forradas de telas. Dava vontade de tirar o dia para ficar olhando aquelas obras de arte. Devia ter uma grana alta ali, entre quadros e esculturas. Noutro canto, mais um quadro faltando e aquele pregão cinzento ali, destoando daquele mar colorido. Olhei para o chão daquelas salas e percebo que não existem degraus. Pensei em como seria melhor para Amália a vida na parte inferior da casa, percorrendo com a cadeira de rodas aqueles ambientes repletos de referências de seu passado.

A tarde passou rápida. Às cinco horas, dona Filomena apareceu na copa, com o café fumegante no bule e um bolo novinho, agora de chocolate. Peguei uma fatia bem fininha e uma xícara de café. A fatia derreteu na boca. Peguei outra, não tão fina. Amanhã começo uma dieta. Peguei ainda mais uma fatia e dei por encerrado o meu lanchinho da tarde. Perguntei a dona Filomena o que teria naquela sala com a porta fechada. Ela respondeu que se tratava da biblioteca, lugar onde Amália passou grande parte de sua vida, lendo e ouvindo discos. Estava fechada desde o começo da doença. Ao lado, o escritório, onde ela despachava assuntos profissionais. Até uns anos, era Rita, a filha, que vinha sempre para cuidar dos assuntos da família. Mas ela tinha se casado e desde então só aparecia de vez em quando. Abriu uma conta bancária para Fátima, a filha de dona Filomena, que sempre trazia dinheiro para a caixinha das compras. Havia um computador, fax e pastas, além de papelada de bancos, contas, recibos e notas. Se eu quisesse usar o computador, estava à disposição e seria a maneira mais fácil de me comunicar com a família. Empanturrado de bolo de chocolate, fui até o escritório, passando pelas salas de jantar e de visitas. Não consegui não olhar para os quadros que faltavam nas paredes. Aqueles retângulos de poeira incomodavam, mais chamativos que os quadros coloridos daquelas salas. No pequeno *hall* da entrada estava o grande quadro com o rosto jovem de Amália e que também mexia comigo. Retratava tão bem aquela mulher, seu olhar profundo e significativo. Retrato da soprano Amália Sobreira e logo abaixo a assinatura, F. Carvalho. Soprano é um tipo de cantora, daquelas que têm a voz bem fininha de ópera. Aprendi a ouvir com o meu ex-patrão. Antes de ele ficar doente, só falava nisso e conhecia bem o assunto. Eu não entendo nada de ópera, mas é uma música boa de se ouvir. Emociona.

O escritório ficava exatamente abaixo do quarto de Amália e era maior, pois ocupava também a área do terraço no andar superior. Colada na parede, uma lista com alguns números de telefone e endereços de e-mail. Vi novamente ali o e-mail de Rita, a filha que havia escrito para mim. Liguei o computador. Ia demorar um tempão para iniciar. Me levantei e passeei mais um pouco. O banheiro contíguo denunciava que ali fora um quarto. Banheiro com chuveiro. Nas paredes do escritório, mais quadros e fotos. Agora Amália com artistas e políticos. Reconheci alguns caras que já tinha visto antes em jornais e revistas. Arrisquei abrir uma gaveta. Papéis, cartões de visita e um chaveiro de couro com a propaganda de uma concessionária de carros que prendia duas chaves. Ouvi barulho e fechei a gaveta. Dona Filomena entrou no escritório no exato momento em que a tela do provedor apareceu. Disse que estava enviando um e-mail para Rita e ela avisou que estava quase na hora de Amália acordar. Digito o endereço e envio a mensagem:

> *Preciso de informações médicas de dona Amália. Favor entrar em contato. Jeff.*

Levantei-me e voltei para a copa.

Amália acordou às dezoito horas. Profilaxias de praxe. Limpeza íntima e troca de fralda. Coloquei-a na poltrona em frente à televisão. Parece que existe um código estabelecido para limitar ainda mais a vida de quem é tão limitado. Um espaço que se restringe a um quarto e um aparelho de televisão. As pessoas acham que dessa forma seus entes queridos estarão em conforto e segurança e não percebem que aquele olhar está pedindo mais, pedindo aventuras, outras paisagens, outras coisas além dessa rotina monótona. Uma velhinha, um quarto e um terraço. E uma outra velha que a alimenta, só isso. Uma vida tacanha, que tem como trilha sonora o chiado de uma babá eletrônica. Aquele olhar que pede, propõe e instiga me faz pensar no que fazer para que essa jornada seja mais compensadora, não só para Amália, mas também para mim. E pensando nisso adormeço na poltrona, sob o som de um filme de TV mal dublado. Silêncio no Pacaembu. Às vezes, bem ao fundo, um ruído de motor de um carro que passa na avenida. Alguma gata no cio geme, imitando choro de criança. Fui até a minha mochila e abri o zíper do meio. Lá, dentro de uma carteirinha, um camarãozinho de fumo. Dichavei, coloquei na seda e enrolei. Sou maconheiro convicto e inveterado. A maconha, companheirona na minha atividade solitária, me acalma, relaxa e me ajuda a pôr em ordem a cabeça. Abri a porta do terraço, acendi e puxei com vontade a fumaça. Encostei no parapeito vendo a paisagem escura. Quanto tempo, não sei. Pensando o quê, também não sei. Simplesmente olhando o nada. No andar debaixo uma luz acesa. E o cheiro de café fresco que está sendo passado por dona Filomena. Aos poucos o bairro vai acordando. Passarinhos arriscam seus primeiros pios, uma moto que entrega jornais rompe o silêncio, seguida de graves latidos de grandes cachorros. Portões que se abrem e vozes que se cumprimentam. A luz do dia invade a da noite. Quantos dias ainda terei em meu novo trabalho?

9

Sexta-feira, a semana passou rápida. A filha da velha vem e eu vou descansar no Jardim Ângela. Pouco a pouco, estabeleci uma rotina com Amália e continuei explorando a casa. Na quarta-feira, entrei na garagem e, quando acendi a luz, minhas pernas bambearam. Um Opala! Amália tem um Opala vermelho Super Luxo, 4.1, teto de vinil, 74, inteirinho! Claro que empoeirado, pneus murchos, uma marquinha aqui, outra ali, mas um Opala lindo. Lembrei do chaveiro que vi na gaveta do escritório e num momento de folga sentei na frente do volante e girei a chave. Nada. Desci, abri o capô e descobri a bateria desligada. Mas o motor estava ali, aparentemente bem cuidado. Me imaginei dirigindo o bicho pela cidade, passeando com Amália. Vou levar a bateria para o Olésio, um mecânico conhecido meu lá do bairro, para ele dar uma carga rápida. Sondei dona Filomena sobre o Opala. Estava abandonado há algum tempo. O filho de Amália o mantinha funcionando, às vezes dava umas voltas, mas já fazia tempo que ninguém mexia nele, estava estragando. Fui rodando na conversa, vendo se a velha me autorizava a recuperar o Opala. Por ela, poderia fazer o que eu quisesse. Aquela casa, fazia tempo que não era mais de ninguém. Os filhos só torciam para que elas fossem embora logo, para montar na grana. Com o aval da velha, voltei à gaveta, procurei até achar os documentos da caranga. Estava tudo em cima, só atrasado o último ano. Aquela barca iria funcionar logo.

Também não saía da minha cabeça a ideia de trazer o quarto de Amália para baixo. Passei os dias curioso querendo ver a tal da biblioteca, achando que daria para esvaziar o escritório para ser seu novo quarto. Seria bom ficar livre das escadas e circular pela casa inteira. Descobri que a chave da biblioteca estava com a filha mais nova e torci para que ela aparecesse logo. Nesses poucos dias, Amália já estava com outro aspecto, mais alegrinha. Sempre com uma roupa limpa e o pouco cabelo que lhe restava penteado. Fazíamos minúsculas excursões no andar de cima, ao quarto da Bergère, ao final do corredor e até as portas de outros quartos, sempre trancadas. Pelo gradil do corredor, fazia com que visse o andar debaixo, deixando-a com vontade de rever aquela parte da casa, poder andar pelas salas, copa, cozinha e terraço e, com três rampinhas fáceis de fazer, chegar até a rua, ir comigo às compras e rever seus amigos e os moradores do bairro. Pensava também num projeto de refazer o jardim e o quintal. Passei dias fazendo listas dos materiais necessários para pequenas reformas e limpeza.

Mas ninguém da família aparecia. Muito estranho. A casa nas mãos de uma velha e de um negão de roupa branca que eles nunca viram ou ouviram falar. E eu, já envolvido com Amália, querendo-a bem, empenhado em melhorar a casa para ela poder curtir mais seu tempo de vida restante. Não vou negar que fiquei superinteressado no Opalão, mas para Amália poder passear, sair dali, novos ares, novas possibilidades. O dia passou e o relógio marcou dezessete horas. Fui até a mochila e peguei o camarão de fumo que tinha sobrado e aproveitei a última horinha de sono dela para fumar meu cigarrinho. Abri a porta do terraço e acendi. Já pensava na cerveja gelada que iria tomar no Jardim Ângela e na trepada que ia dar com a Joyce... Confesso que, tirando essas duas coisas, não estava empolgado em voltar pra casa. Sabia que ia querer que a segunda-feira chegasse logo, pra voltar para os projetos de mudança da casa, para o conserto do Opala e para os planos com Amália em sua nova vida no andar debaixo.

Bonito o anoitecer no Pacaembu. As luzes dos prédios de Higienópolis se acendendo e o resto da luz do dia ainda presente. Cabeça feita, olhava aquele espetáculo e sorria, feliz. Dei a última tragada. Puxei forte, a ponto de queimar os dedos e, ao mesmo tempo, senti uma sensação ruim, uma ameaça. Olhei pra trás e a vi, roupa escura, saia comprida e cabelo também, me olhando profundamente.

10

Fui apresentado a Fátima, a filha de dona Filomena, com a boca cheia de fumaça e os olhos injetados, efeito da maconha. É claro que as duas perceberam o que eu estava fazendo, mas ficaram quietas. A tal da Fátima ficou me secando, olhar de censura. Me cumprimentou friamente e por pouco não virou ela a enfermeira e eu seu assistente. Começou a fazer uma arenga, se justificando da sujeira que eu encontrei na casa e principalmente em Amália. Para cuidar de doente tem que ter a mão, não é qualquer um. Não tem essa de achar que é só trocar uma fralda aqui, uma roupa de cama ali, pôr na frente da TV e tudo bem. Tem que ter envolvimento, uma relação com o paciente. É aquele lance do olhar. Um cruzando o outro, sacar pelo brilho, o que ele está querendo dizer. Limpeza, higiene, botar a melhor roupa possível, tanto nele quanto em si mesmo. Conversar, mesmo sabendo que o som vai vir só da sua boca. É não ter medo de errar, porque o paciente sabe que você gosta muito dele. E é ser honesto. Não enganar, não mentir, não menosprezar. Esta é a minha profissão e é assim que tem que ser. Quando começa se justificando, é porque não está a fim. Fica naquele veja bem, torcendo para o doente morrer logo e acabar com aquela sobrevida. Não prestei muita atenção no blá-blá-blá, mas concluí que ela se justificava na base do não limpo porque vai sujar de novo. Não visto com roupa boa, porque ninguém vai ver. Não levo para passear, porque doente não passeia. O efeito da maconha me fez rir enquanto ela falava e a situação foi ficando tensa. Pedi licença e saí. Lavei bem o rosto, achei um colírio e encharquei meu olho vermelho com ele. Vesti roupa de sexta-feira e voltei para o quarto para me despedir de Amália e passar minhas recomendações. Fiquei irritado ao descobrir a cena, Amália à frente da TV, um pastor histérico berrando contra tudo e todos e Fátima com a Bíblia na mão. Uma encenação de quinta categoria. Não tenho nada contra nenhuma religião. Lá mesmo, no meu bairro, tenho vários amigos protestantes. Mas ficar falando o nome de Deus a qualquer momento e para qualquer coisa me irrita. E aquele programa de TV era um desses, de um pastor manjado, um picareta que fica explorando a boa-fé dos incautos, relacionando Deus com grana, tudo é pecado e outras paradas desse tipo. O que a minha paciente tinha a ver com aquilo? Nada, nada! Me aproximei de Amália para me despedir e fui interrompido por um psiu repressor. Fiquei puto. Baixei o volume da TV e ditei os procedimentos com Amália durante o final de semana: sempre limpa e bem vestida. Banho de sol todas as manhãs, sempre que possível exercícios e massagens para não atrofiar. Falei dos projetos de mudança para o andar debaixo e de uma nova vida naquela casa, não só para Amália, mas para todos que ali moravam. A Bíblia em suas mãos funcionava como um escudo, um *vade retro* contra os impropérios que eu lhe atirava. Ela tentava retrucar, não se deve mexer no que está dando certo há tantos anos, que aquela era a vontade de Deus, Deus aqui, Deus ali, Deus, Deus, Deus. Menti, dizendo que tinha carta branca dada por Rita e que era assim que nossa paciente seria tratada, pelo menos enquanto eu estivesse na responsabilidade. Fátima ainda praguejou, falou mal dos filhos de Amália. Disse que o demo rondava aquela casa, mas que graças à sua fé Deus ainda abençoava aquele lar. Entreguei o caderno e me despedi. Lá embaixo, dona Filomena me esperava na porta indicando a copa. Um bolo tinha acabado de sair do forno, acompanhado de um café novinho em folha. Um bolo de fubá inesquecível.

Abri o portão da casa, com vontade de não sair dali. Estava indo pra casa depois de uma semana de trabalho intenso, sem a menor vontade dos momentos felizes que iria passar com os meus entes mais queridos. Fechei o portão e comecei a andar. Um carro parou na frente da casa. Dele desceu uma mulher, trinta e poucos, me olhando de cima a baixo. Aproximou-se, sem desgrudar seus olhos dos meus. Perguntou se eu era eu mesmo e disse que era Maria, filha de Amália. Mão quente e voz melosa. Fiz menção de entrar de novo e ela me interrompeu, voltaria no início da semana, para conversar. Tem mulher que é terrível! Aquela era uma delas. Pelo olhar, pelo calor da mão e pela voz percebi que ela queria me comer! Fui subindo a rua, morrendo de vontade de olhar para trás. Subindo e querendo olhar. Subindo mais um pouco, querendo olhar, mas não olhando. Até que virei e bati com seu olhar, um sorriso sacana que dizia com todas as letras: “Se fudeu, malandro”.

11

Depois de duas horas e meia cheguei ao Jardim Ângela. Passei na frente do bar do Porcão, que, como um ímã, me puxou pra dentro, onde amigos do bairro batucam em mesas e caixotes, acompanhando um sambinha sem-vergonha e desafinado. Liguei para casa e avisei que já estava no pedaço, só ia tomar uma rapidinha para abrir o apetite. "Pode pôr a comida pra esquentar que eu estou chegando." O Porcão não é um palmeirense. Ele tem o apelido porque é porco mesmo, sujo e desleixado. O bar acompanha o estilo do sacana. Cheiro de gordura impregnado em paredes, mesas e cadeiras. Olhos de trabalhadores cansados, injetados pelo consumo de bebida de péssima qualidade. Todos lá enchendo a cara para fazer com que o final de semana acabasse logo. Passei algumas horas, com a pior música, a pior bebida e até me esqueci do prato de comida e da companhia de minha mulher e minha filha. É a periferia. Um emaranhado de barracos, casinhas de alvenaria sem reboco, sem pintura, um boteco de tantas em tantas casas, nenhuma pracinha, campinho ou área livre que traga um respiro naquela tristeza. No meio do porre, me senti até feliz por ter o trabalho que tenho, que me permite ter essa visão distanciada do lugar onde moro e também não estar lá diariamente. E dá-lhe mais um copo, para ajudar a embaralhar mais ainda a paisagem desolada entrecortada por vielas estreitas sem iluminação, por cachorros e gatos esquálidos, crianças chorosas e ranhentas que dividem o mesmo chão com os animais, suas fezes e mijos. Assim é o Jardim Ângela, o Jardim Guarujá, o Capão, Interlagos, a Zona Leste, a Oeste e a Norte. Um cinturão de pobreza da cidade que se alastra cada dia mais. Desfocadas, do outro lado da viela, Joyce e Kelly em seu colo me olham querendo que eu vá pra casa agora, estão com saudades. Um bebum do bar cantou um samba que me ajudou a levantar, pagar a conta e sair.

> *O arrependimento quando chega faz chorar, faz chorar. Os olhos ficam logo rasos d'água e o coração parece até que vai parar.*

A caminhada até a casa é silenciosa, como será o jantar que me será colocado à frente, o filme que será visto na TV até o sono chegar e o sexo, sem vibração, nem carinho. O silêncio só será quebrado pelo ronco imediato depois que sair de cima de Joyce. E assim será o final de semana. Silencioso, inquestionável, entrecortado por choros de criança e Fantásticos, Faustões e Gugus que forçam a existência de uma felicidade incompatível com o bairro e seus moradores.

Sábado de manhã fui até a casa do Olésio falar do Opala. Contei o estado da caranga e ele se animou. Cara que curte Opala fica maluco quando sabe de uma história dessas, o carro de uma velhinha, abandonado numa garagem, baixa quilometragem. Babou com a minha descrição. Almocei com Joyce e conseguimos manter uma conversa de sims e nãos de uns quarenta minutos. Depois do almoço fomos até a rua principal, tirei um dinheiro na cabine do banco. Em seguida tomamos sorvete com Kelly. Depois de um sono de uma hora, o demônio me acorda e insiste em me convidar para um drinque no bar do Porcão. Resisto e não vou. Num papel relaciono as pendências na casa de Amália. Os pequenos degraus que deveriam ser substituídos por rampas, transformando toda a área da casa numa enorme planície. Um armário no quarto, com compartimentos para os remédios, material de higiene e limpeza, instrumentos para pressão, temperatura, inalador. Procurar pela casa um aparelho de som, mais uma opção de lazer para Amália, tirando-a da frente da TV. Não me saía da cabeça a ideia de circular com ela pela casa. Quem sabe aqueles quadros e objetos não lhe trariam lembranças e emoções? Joyce ao meu lado e eu me sentindo culpado por não falar com ela. As coisas não vão bem entre nós. O que um dia poderia ter sido amor hoje não passa de perguntas sem sal e respostas curtas, sim, não e às vezes um talvez. Percebo cada vez mais que não quero pertencer a esse mundinho da periferia. Não é preconceito, mas sim uma vontade de saber de outros mundos. Me lembrei do Luís Carlos, um enfermeiro viado que me colocou nessa profissão, que me fez estudar e descobrir que o mundo vai além do Largo Treze, que existem pessoas que leem a vida inteira, que ouvem música que não é funk ou pagode, assistem a filmes, peças de teatro e óperas. A merda é que o Luís Carlos queria que eu comesse ele de qualquer jeito e por isso tive que sair da sua equipe.

O cheiro da comida me fez parar de pensar. Mecanicamente, sentei à mesa e enfiei a cara no prato triste de arroz, feijão e frango temperado com massa de tomate. Corri para o sofá, liguei a TV antes que Joyce viesse com novas perguntas. Aquele tempo parado, vendo imagens soltas na TV e a presença dela calada ao meu lado, foi me dando uma angústia insuportável. Levantei e saí de casa, andando rápido pra não ser seguido. Tinha um destino certo. A boca de fumo. Comprei um tijolinho, separei um pouco e saí de lá já enrolando um baseado. Fumei numa quebrada e voltei pra casa. Joyce deitada, olhos abertos olhando o teto. Mais uma vez o sexo feito a frio. Ela com o olho no teto, eu no colchão, num movimento de vaivém mecânico. Durmi em seguida, até acordar no meio da noite, peito apertado, vontade de chorar. Kelly, em seu quarto, dorme serena. Passei o resto da noite olhando para minha filha, numa vigília cheia de pensamentos positivos para aquela parte minha, talvez a melhor. Amanheceu e como previa passei um domingo igual ao sábado, mais um passeio até a avenida, sorvete, almoço, Tarde na televisão, uma pizza emborrachada à noite e dormir cedo, que amanhã é dia de trampo. Acordei às quatro horas e saí em silencio, depois de dar um beijo em Kelly. Pronto. Mais um final de semana insosso e triste, como uma macorronada com picadinho, temperados com massa de tomate.

12

Desço apressado a ladeira, não por achar que estou atrasado. Fátima que se foda! Ainda não são oito horas e eu não vou ficar dando boi pra quem eu não gosto. Apressado apenas pela vontade do café da manhã. Seria hoje um de banana, ou então de coco? E também pela vontade de ver Amália, esperando encontrá-la alegre. A gente se apega. Percebe coisas nos pacientes que ninguém vê. Um olharzinho diferente, um sussurro, um som emitido, uma lágrima nos olhos, a mão que aperta a sua despejando confiança. Sorrisos que autorizam pequenas transgressões. Essa cumplicidade é a essência da profissão. Saber que cuidar não é só ficar olhando de longe um paciente que vai se degenerando pouco a pouco, mas compartilhar o processo com ele, que pode ser demorado, mas cheio de descobertas e de bons momentos. A cabeça não parava. As folhas de papel escritas no final de semana seriam transformadas em planilhas com prazos para serem executadas. Repassava mentalmente os planos para a primeira semana. Medidas das rampas. Estudos para transformar o escritório em quarto. Material para a reforma do jardim. E assim a semana passaria, juntando-se à próxima, e, muito em breve, aquela casa voltaria à vida novamente.

Fátima estava no portão da casa, me olhando brava. Olhei no relógio. Sete e quarenta. Ia ganhar vinte minutos nas minhas costas e ainda me olhava com aquela cara de vaca crente brava? Ali mesmo me passou as informações sobre Amália. Final de semana agitado e dormindo mal. Atribuiu a mudança às minhas propostas revolucionárias. Fingi que ouvia com o maior interesse suas propostas reacionárias. Para encerrar o assunto, decretei que a partir da semana seguinte ela anotasse no caderno o dia a dia de Amália. Seca, ainda me falou que Rita e Maria viriam na terça-feira. Sem se despedir, subiu a rua até sumir na esquina. O cheiro do café da manhã se fez sentir e rapidamente me apresentei à dona Filomena. Bolo de banana, conforme minhas previsões. Molhadinho e macio. Antes, porém, uma fornada de pães de queijo. Devorei sem a menor cerimônia meia assadeira e três fatias do bolo de banana.

Já vestido com meu fardamento branco, subi as escadas para o encontro com Amália. Abri a porta do quarto bem devagarinho, entrei e fiquei frente a frente com seus olhos, que engataram um sorriso. Cumprimentei-a, perguntando como tinha passado, eu tinha sentido saudades nesses dois dias longe dela. Continuei a conversa *pro forma*, bom dia, como vai e etecetera, enquanto ia abrindo as janelas e a porta do terraço. Disse que ia escolher uma roupa especialmente bonita para aquele dia ensolarado e recebi mais um sorriso. Mostrei roupas para ela, perguntando qual ela queria. Pelo olhar, percebi que ela gostou de uma calça comprida, uma camiseta listrada e para calçar uma sapatilha, tudo azul. Mostrei um chapéu de palha grande e um lenço de pescoço.

O banho foi longo, enquanto arejava o quarto e trocava a roupa de cama. Anotei no caderno as mancadas do final de semana: fraldas e luvas deveriam ser descartadas no lixo imediatamente após seu uso. Limpeza detalhada em restos de comida que marcavam na cama o caminho feito por uma colher desleixada, do prato até a boca de Amália. Alimentos espalhados pelo chão. É isso que vai criando cheiro nos quartos dos pacientes. Coloquei a cadeira de rodas no terraço para tomar um ar e com as luvas esfreguei detidamente o frágil corpo de Amália. Ela estava branca. Com a luz do dia, doía na vista. Apesar dos seus setenta e tantos anos, tinha o corpo bonito, magro e delineado. Não tomava sol há alguns anos. Fiz a proposta: cinco minutos apenas de calcinha e sutiã? Seus olhos brilharam. Coloquei-a na cadeira que já estava no terraço e fiquei curtindo seu prazer. De olhos fechados, sorria. Dona Filomena chegou, ofegante, trazendo o café da manhã. Contei para Amália o meu final de semana, meu desligamento cada vez maior da minha gente, do meu bairro e da minha família. Me sentia aliviado em compartilhar com ela as angústias e seu olhar demonstrava solidariedade. Logo ela dormiu. Escureci o quarto, liguei a babá eletrônica e desci.

Lá embaixo, comecei a trabalhar nas mudanças. Dona Filomena me seguia, curiosa. Estimei valores para que o plano acontecesse. Não era um dinheiro absurdo e os ganhos em mobilidade seriam muitos. Agora era torcer para que os filhos topassem. Fui na garagem e vi o tesouro. O Opalão, superconservado e se exibindo para mim. Sentei à frente do volante. Viajei por uma estrada imaginária, em alta velocidade. Curti cada detalhe do possante, velocímetros, manoplas, pedais, estofamento, e segui dirigindo aquele carro por lugares de minha fantasia. Me assustei quando vi a cara de Maria, muito sacana. Me dá uma carona? Disse desafiadora. Abri a porta, sorriso amarelo e deixei que ela entrasse. Tentei falar alguma coisa, mas fui cortado por uma resposta irônica, outra, mais outra e assim sucessivamente, sem me deixar falar por um tempo, lançando frases que me desarmavam. Abri a porta do carro procurando um terreno mais favorável e saí para o jardim. Ela veio atrás e finalmente consegui me reerguer e falar mais assertivo. Já estava lá há uma semana e não tinha tido contato com ninguém da família. Queria saber mais de Amália, expor meus planos para a melhoria de sua qualidade de vida. Maria estava pouco se lixando com o que eu falava. Seu olhar mexia comigo. Uma bela mulher, entre 37 e 40 anos, cheirosa, um pouco fora do peso, mas bonita e ameaçadora. Já no escritório, disse que tudo o que eu havia falado dependia mais de sua irmã Rita do que dela. Ela estaria lá amanhã, que eu apresentasse meus planos.

Dona Filomena afobada veio dizer que Amália estava acordando. Encenações de praxe, olha quem está aí pra ver a mamãe! E a surpresa da filha ao vê-la sem peruca, com seu ralo cabelo exposto. Fui me desculpando, mas ela tinha gostado e foi receptiva. Enquanto dava o lanche para Amália, soube que a casa foi uma espécie de ponto de referência de artistas, professores universitários e políticos durante muito tempo. Ali aconteceram festas e muitas decisões políticas foram tomadas. Com a doença da mãe, apenas os amigos mais próximos apareciam de vez em quando para uma rápida visita. Maria ficou por ali mais um tempo. Tentava ser agradável, mas era uma presença incômoda. Deixava o ar tenso, uma corda esticada, olhar profundo, denunciando segundas intenções. Tem mulher que é assim, te come com os olhos, pior ainda, os olhos contam que ela ainda vai te comer. Foi embora e o ar ficou respirável de novo. Cuidadosamente, levantei Amália da cadeira, me pus a seu lado, segurando por baixo de seus braços. Ela vacilou. Olhei firme em seus olhos e disse "confia", e ela soltou o peso do corpo. Pé ante pé, começamos a caminhada. Entramos no corredor e fomos até o quarto da Bergère. Ela estava cansada, porém feliz. Prometi para mim mesmo que a mudança para o andar debaixo seria feita ainda naquela semana. Rapidamente ela adormeceu. Desci até o escritório e futuro quarto de Amália para uma última avaliação. Entrei no banheiro, abri o chuveiro e a água correu farta. Enquanto esquentava visualizei uma possível disposição da cama, da poltrona e da TV. Restava tirar os móveis, ou para a biblioteca, ou para a garagem. A água esquentou, depois de sair enferrujada por algum tempo. Agora era irreversível, a mudança ia acontecer. Olhei para o relógio, 21 horas. Hora de pôr Amália na cama. Subi de dois em dois degraus. Parei no meio da escada. Tinha mais um prego na parede sem quadro pendurado.

13

Dez horas da manhã, Rita chegou e se impressionou com o que viu. Ouvi os elogios e falei sobre a mudança para o andar debaixo. Carta branca total. Na verdade nenhum dos filhos queria assumir o trambolho em que a mãe havia se transformado. Aquela casa estava nas minhas mãos e eu era o salvador da pátria.

Rita tinha a chave da biblioteca e me mandaria ainda nesta semana. Apresentei a planilha de gastos e fui autorizado a executar as mudanças, desde que eu mesmo as fizesse. O dinheiro estava acabando e a palavra de ordem era economizar. Dona Filomena chegou, convidando-nos para a sala de visitas, onde nos esperava um belo lanche. Enquanto comíamos, Maria adentrou a casa em grande estilo. Vestido curto, colorido e cabelo solto deixando-a mais jovem. Cumprimentos de praxe e ela se sentou no sofá de frente pra mim. Cruzou as pernas, ostensivamente. Eu consegui não olhar. Ela me olhava mal-intencionada, sem que Rita percebesse a provocação. Na cruzada de pernas seguinte, não consegui não olhar. A sacana estava sem calcinha. Não sabia o que fazer. As respostas às perguntas de Rita vinham inseguras e gaguejadas. Aquela mulher me desestruturava e me deixava com um puta tesão. Planejamos as compras para as reformas e a entrega do dinheiro. Maria se prontificou a trazê-lo no dia seguinte e me senti infeliz. Sabia que seria golpeado logo, logo. Pedi licença e me levantei, alegando que deveria ver Amália. Elas se despediram.

À tarde, encomendei os materiais e depois da última troca de fraldas, desci para esvaziar o escritório. Dona Filomena me ajudava como podia, lavando o banheiro, limpando e varrendo o chão. Amanhã, minha querida paciente vai estrear seu novo quarto.

Maria chegou, sem fazer barulho. Dona Filomena saiu me deixando sozinho com a fera. Irônica, ela pergunta se tenho alguma coisa pra fumar. Desconverso, continuando na limpeza de um nada que tinha acabado de inventar pra não ter que levantar a cabeça. Maria insiste, dizendo que sabe que eu fumo maconha. A vaca da Fátima tinha me entregado. Continuei quieto e ela perguntou de novo. Eu estava ali para trabalhar e não queria confusão. Insistiu e eu negando. Papo de aranha, ela querendo me envolver e eu me segurando. Ela mudou o assunto, me entregou uma pacoteira de notas de cinquenta e de cem e pediu para eu conferir. Falei que estava tudo certo e que amanhã o material ia chegar. Saí com o pretexto de ver minha paciente. No pé da escada parei para ver o prego na parede se destacando. Também tinha meus trunfos. Sabia como os quadros estavam sumindo daquelas paredes. Ela voltou e, ao passar por mim, encostou discretamente sua mão por cima da minha calça, dizendo que voltaria durante a semana para ver as reformas. Eu estava explodindo de vontades e falei que voltasse mesmo. No portão, me despedi, exibido, bem babaca. Fui até o guardinha, ofereci uma grana para ele me ajudar na mudança. Filomena chegou, dizendo que a babá estava a fazer barulhos e eu corri para o quarto no momento exato em que Amália abria os olhos. Profilaxias de praxe, sentei-a depois na cadeira e não liguei a televisão. Contei minhas pretensões. Amanhã começamos vida nova. Você vai poder caminhar por toda a casa, rever sua sala, seus quadros, seu jardim e seu quintal. Com o tempo as fronteiras vão aumentar, a cadeira de rodas vai ultrapassar o portão da casa e ganhar as ruas e, depois, o Opala vai nos levar para os parques, cinemas, teatros, para o mundo. Amália reagia com seus olhares. Se emocionava. E ali ficamos horas, imaginando as possibilidades da nova vida. Até que o sono chegou. Deitei-a na cama e dei um beijo em sua testa. Ela dormiu.

Sem sono, coloquei uma cadeira no terraço, já está virando um hábito, e preparei o baseado. Acendi e dei uma longa tragada. Mais outra e outra ainda. O céu limpo e a luz da avenida Pacaembu dando uma claridade gostosa à noite. Forcei a vista para conseguir ver uma única estrela, esmaecida e desfocada atrás da poluição que encapa a cidade. Viajei para o Jardim Ângela. Estou me distanciando de tudo aquilo, trocando por uma outra vida. Penso em Kelly, tão pequena, naquele bairro sujo e cinza, que não vai lhe oferecer nada, naquela escola pública, que vai apenas fingir que está ensinando. Fumo, na esperança de aquele bode passar, ir embora. O medo de constatar o rompimento. A minha empolgação com todas as mudanças aqui na casa confirma que não tenho mais nada a ver com aquele mundo. Mas tenho uma mulher lá, uma filha. Vontade de sumir de tudo e de todos. Começo a rezar, pensando em Kelly. Peço para que alguma força acima do céu e da Terra olhe por ela. É o único elo que mantenho com aquela lonjura. Estou perdendo minhas raízes, sem estar reenraizado em nada, vagando de casa em casa, em projetos de vida sempre ligados a pessoas que estão com o pé na cova. E assim a noite passa, até que chega a manhã com propostas práticas e eu vou me reanimando, protelando minhas decisões, me preparando pra pôr a mão na massa e providenciar as mudanças na casa.

14

Em uma hora de trabalho, limpamos o lugar. Com uma furadeira, fiz o buraco para a biblioteca e passei o cabo azul por ele. A cama não saía pela porta e teve que ser descida pelo terraço. A mesma coisa se deu com o guarda-roupa, imenso e pesado. De tempos em tempos olhava Amália, que naquele dia ficou abandonada na Bergère, ouvindo os ruídos de móveis sendo arrastados e gritos de desce, para, cuidado, calma. No final da tarde, todos muito cansados, terminamos a mudança. Dona Filomena colocava as últimas roupas no armário. O guardinha saía da casa contente com a nota de cem na mão. Eu estava feliz. Subi até o quarto da Bergère, peguei-a em meus braços. No alto da escada, respirei fundo, criei coragem e desci o primeiro degrau, depois o segundo e o terceiro, e assim por diante. Até o escritório que acabara de virar o novo aposento de Amália. Ela olhava o teto, tentava ver as paredes e janelas, mas a cama toda abaixada não permitia que ela visse muito. Fechei as cortinas, sentei a seu lado e solenizei de novo. A vida seria diferente e o tempo perdido, recuperado. Falei das minhas dúvidas e inseguranças. Deixa rolar. Eu era um provedor, estava apenas fazendo meu trabalho da forma mais profissional possível. Se o convívio com gente mais esclarecida e de melhor condição financeira mexia com a minha cabeça, deveria saber tirar proveito e não rejeitar. As coisas foram clareando, diminuí minha angústia. As soluções viriam. Se alguém me visse naquela situação, levando um papo com uma mulher doente, muda e, pior, ouvindo respostas através de seu olhar, pensaria que eu estava ficando trelelé.

Deixei a porta encostada e fui para o sofá da sala de visitas. Os quadros, com molduras e tamanhos diferentes, formam um mosaico nas paredes. Mostram pessoas, crianças, bichos. Outros paisagens e outros ainda, borrões, riscos, coisas desconexas, mas que juntas são bonitas e harmônicas. No silêncio da noite, aquela sala me traz paz. Por pouco tempo. Ouvi o ruído de chave girando na fechadura, era Maria. Sinalizei, pedindo silêncio, Amália dormia no quarto novo. Tirou da bolsa um molho de chaves enorme e disse que uma daquelas era a chave da biblioteca. Agradeci enquanto ela foi até o armário e pegou uma garrafa de uísque. Dois copos? Menti, dizendo que não bebia e ela deu uma gargalhada. Sustentei que não queria e ela encheu um copo e se sentou, insinuante. Insistiu para que eu desse um gole, "relaxa, é bom". Sabia que cada pisada minha iria custar caro lá na frente. Desconversei e saí. Fui para a garagem ver onde colocar a mobília do escritório. Ela veio atrás. Afastei algumas tralhas, abrindo espaço, amanhã trago as coisas. Abriu a porta do Opala, sentou no banco da frente, deixando os pés pra fora, pernas semiabertas. Seria abatido pela fera a qualquer momento. Quando fui passar para o outro lado, ela se levantou, barrando minha passagem, e indicou a porta traseira. Entrei e fiquei parado, estátua. Era o que ela queria. Foi me descascando, desabotoando a camisa, abrindo o cinto, a calça e arriando a cueca.

Era uma devassa. Barbarizava nas questões do sexo. Falava os piores impropérios e lambia, chupava, enfiava, mexia, de novo, de novo, de novo. A casa inteira estava ouvindo aquela sacanagem. A rua, o bairro! E a hora agá chegando e eu preocupado. Não podia vacilar e desaguar um filho no buraco dessa dona. E ela pouco se lixando, pedia mais e gritava e gemia. Começou a ter uns espasmos e contorções. Eu aproveitei o momento e tirei o time de campo, garantindo que daquela transa não ia sair mais um brasileirinho. Agora um silêncio constrangedor. Apenas os ruídos de respiração ofegante, diminuindo, diminuindo. Desci, me recompus e fiquei em pé, esperando a doida. O que iria fazer agora? Desceu, calcinha e sutiã na mão, ajeitou a saia e a blusa, desamassando sem muita convicção e foi embora sem sequer me olhar, sem um até amanhã, tchau, valeu, ou sei lá o quê. Como se não me conhecesse. Atônito, me senti um objeto, um vibrador de *sex shop*, um boneco inflável. Ouvi o ruído de motor de carro e subi rapidamente as escadas, me enfiei no chuveiro e com uma bucha me lavei, me esfoliei, me raspei, limpando o que teria sobrado daquela experiência.

Entrei no quarto com todo o cuidado para não acordar Amália. Não foi preciso. Olhos abertos, me olhava, sabendo de tudo o que tinha acontecido.

15

Num *tupperware* que peguei emprestado, soltei da argola improvisada, feita de fio elétrico bem grosso, umas cinquenta chaves. Num outro, vazio, fui colocando aquelas que não abriam a porta da biblioteca. Não sei em que número estava quando a chave da vez girou naquela fechadura. Mão suada, baixei a maçaneta e abri. Escuro, um breu. A luz que entrava era insuficiente para revelar os mistérios daquele recinto. Apalpei a parede até sentir o interruptor e liguei.

Era a maior sala da casa. Ocupava simetricamente o mesmo espaço da sala de visitas e da sala de jantar juntas. Naquela imensidão, me sentia pequeno, embasbacado diante de tantos livros. Caminhava para um lado, para outro, sem saber por onde começar, como criança entrando num parque de diversões. Uma sucessão de estantes, uma infinidade de livros separados por temas. Artes, teatro, cinema, música e assim por diante. Nas paredes opostas, mais uma infinidade de quadros e, ao lado da porta, uma escrivaninha pesada e enorme, com gavetas. Percorria aquelas estantes sem reconhecer nenhum título. Não sabia nada, não tinha lido nada daquilo. Era isso que me mostrava a imponência daquele recinto. Aquele volume de informação me assustava. Sem pensar, peguei um livro, abri, lendo um primeiro parágrafo. Não entendi nada. Se quisesse ler tudo aquilo, não poderia ser daquele jeito, atabalhoado. Continuei olhando aquele conjunto de coisas desconhecidas. Capas coloridas, outras de couro, letras douradas identificando a obra. Arrisquei pegar um outro, desta vez mais colorido, com ilustrações. Dei sorte, era um com reproduções de quadros e esculturas de um museu, e à frente da escrivaninha fiquei um tempão olhando aquelas imagens. Vitória de Samotrácia, A Liberdade guiando o povo. A Vênus de Milo. Mona Lisa. A cada página, uma imagem de um novo quadro. Embaixo, textos curtos, explicando a obra, autor, data. De longe, vi um aparelho de som, não muito grande. Deixei o livro de lado. Liguei e a luz azulada acendeu. A estante, do alto até embaixo, forrada de CDs. Tinha encontrado o som que eu tanto queria. Muita música clássica e muita ópera. Alguns discos de jazz e outros de música popular brasileira.

O cheiro de café, bolo e pão de queijo me trouxe de volta para o mundo normal. Devorei o café da manhã que tinha bolo de fubá e uma geleia de alguma fruta azeda que eu não conhecia e corri para o quarto no momento em que Amália abria os olhos. Dei meu bo- dia, abri as janelas e fui escolher as roupas. Embaixo do chuveiro e mais alegre que nos outros dias, Amália sorria e até ensaiou emitir sons ininteligíveis. Curtiu o novo quarto, seminua, sob o sol que entrava generoso pela janela. Ela adorava aquele momento, virava uma garotinha como que lagarteando numa esteira de praia e ficava bonita. Vesti-a, coloquei-a na cadeira de rodas e olho no olho falei: "Curta seu passeio!".

Parecia uma cena de cinema. Os olhos percorrendo os ambientes que a cadeira passava. De propósito, parei na frente do quadro com a dedicatória. Os olhos brilharam. Em seguida fomos para a sala de visitas. Cada quadro, cada objeto, uma emoção. Na sala de jantar, idem. À frente de um porta-retratos, Amália quis pegá-lo. Trouxe para perto de seus olhos. Era uma situação de festa ali mesmo, naquela casa. Estava linda, com um vestido azul-marinho bem escuro, cheia de joias e tendo a seu lado um homem elegante, trajando um terno também escuro. Ambos com copos de bebida na mão, alegres e sorridentes. Fizemos um rápido *pit stop* na copa. Ofereci um pedaço de bolo e ela comeu sozinha, com um garfo e fazendo uma bela sujeira de migalhas. A velha Filomena também emocionada via a menina curtindo novamente a casa. Entramos na cozinha até a porta que dá para o quintal. Ali um degrau intransponível. Uma rampa a ser feita. Meia-volta e chegamos no terraço. Lá, mais uns minutos no sol, o suficiente para que adormecesse. A sesta foi ali mesmo no terraço sujo, sem flores e plantas, mas terraço. Observei que alguns degraus impediam que esticássemos nosso passeio pelo jardim. Outra rampa para se fazer. Depois do sono levei-a pela primeira vez comigo, e confesso que com um certo medo, para aquele lugar onde ela teria passado a maior parte de seus dias naquela casa. Entramos na biblioteca e percebi sua emoção ao ver aquele mar de livros, discos e retratos. O que estaria se passando naquela cabeça? Fui deslizando a cadeira bem devagar pelas estantes. Às vezes, sua mão se estendia, parecia querer pegar um livro. Ou então tentava emitir algum som ao ver as fotografias. Eu estimulava, perguntava quem eram aquelas pessoas, mas a emoção também me batia e percebi que o silêncio seria a melhor maneira de fazer a volta àquele lugar. Passado um tempo, coloquei um CD, *Sospiri*, de Cecilia Bartoli. Árias de óperas, agradáveis de se ouvir. Reconheci algumas que teria ouvido no meu último emprego. Amália marcava o ritmo, com seu dedo indicador batendo no braço da cadeira. Quanto tempo privaram essa mulher de coisas tão simples e tão importantes para ela? Pensei em Fátima, que estacionava Amália na frente de uma TV e fazia com que ela assistisse a programas de pastores histéricos berrando contra tudo e contra todos. Aquele ambiente e a música da cantora serviam como um remédio, uma compensação pelo tempo perdido com os programas religiosos. A partir daquele momento eu seria um vigilante para que a malandragem religiosa não voltasse a imperar naquela casa. Ela só ouviria sua música e assistiria a seus filmes, em seu lugar favorito.

Ainda na biblioteca, outras descobertas, outros quadros, outras pessoas. Uma foto dela com um cara superconhecido da política. Sim, era ele mesmo. Presidente Fernando Henrique. A Regina Duarte, mais aquele ator careca, que fez um italianão naquela novela... não lembro. Amália tinha sido uma mulher influente, nas artes, na política. Comemos ali mesmo, ouvindo mais um CD, dessa vez uma orquestra com uma música bem vibrante e alegre. Li na capa: Mozart. Terminamos o almoço, ouvimos o CD até o final. Coloquei um outro, também Mozart, e aproveitei a calma para instalar o computador na escrivaninha. Ele iniciou e fui até minha caixa de e-mails verificar as mensagens. Havia uma de Rita, o médico de Amália passaria por lá amanhã para uma consulta de rotina. Ela faria o possível para chegar a tempo e pediu que eu listasse as dúvidas. Ali mesmo preparei o questionário. Percorri o olhar pelas estantes procurando alguma coisa. Levantei-me e fui até um título que me era familiar: na lombada, letras douradas, *Moby Dick*, de Herman Melville. Como se fosse um bibelô, peguei o livro, trouxe-o até a mesa e folheei com cuidado.

> *Chamai-me Ismael. Faz alguns anos – não importa quantos, precisamente – tendo na bolsa escasso ou nenhum dinheiro e nada que particularmente me interessasse em terra, achei que devia velejar um pouco e ver a parte aquosa do mundo.*

E assim comecei a ler o primeiro livro naquela casa. Mais que isso, devorei o livro, sem vontade de parar. Me envolvi com aquele personagem que resolve embarcar num navio atrás de baleias. Os dias se passando, horas e horas dedicadas a leituras e audições naquela biblioteca. Olhava agradecido para Amália, que com seus dedos seguia regendo a música que saía do aparelho.

Pedi a dona Filomena que a partir daquele dia pusesse mais um lugar à mesa, Amália iria almoçar lá conosco. E assim foi feito. Amália comia por sua conta, deixando cair em seu colo, na cadeira e no chão, mas comendo sozinha. Numa manhã, ela foi para o quarto caminhando! Dona Filomena nos acompanhou com a cadeira, caso Amália não aguentasse. E assim seguiu o cortejo, devagarinho, olhando para sua casa, seus pertences, sua história. No quarto, mais uma dormida, a caminhada a tinha cansado.

> *Por fim a âncora foi levantada, içaram-se as velas e lá deslizamos. Era um Natal, breve e frio; e, quando o breve dia do norte se fundiu na noite, achamo-nos quase que diretamente no oceano invernal, cujos borrifos gelados nos encapsulavam em gelo, como em armadura brunida.*

O livro estava me sugando. As páginas viravam em meu rosto, um novo mundo aparecia para mim. Pensava na quantidade de coisas que teria para ler, ver e ouvir enquanto estivesse naquela casa.

> *Todas as velas tendo sido desfraldadas, ele soltou a corda reservada para suspendê-lo até a gávea do mastaréu de sobre; e em poucos momentos estavam-no içando para lá, quando, a apenas dois terços do caminho para cima, e enquanto espreitava, na direção da proa, através do espaço horizontal entre a gávea do mastro grande e a vela de joanete, ele ergueu no ar um grito de gaivota: — Lá esguicha ele! Lá esguicha ele! Uma corcova como uma colina de neve! É Moby Dick!*

Havia uma excitação latente naquela casa. A minha, com as descobertas. A de Amália, com seus progressos, e a de dona Filomena, que transformava toda aquela mudança em comidas deliciosas.

A mesa estava posta na sala de jantar. Uma carne assada maravilhosa! Acompanhada de arroz, feijão e batatas coradas, com azeite e alecrim. Servi Amália, cortando a carne em pequenos pedaços, e em seguida ataquei. Quase não percebi quando Amália engasgou com um pedaço da carne. Ficou inquieta, se mexendo na cadeira, alguma coisa a incomodava. Quando olhei, ela estava vermelha, sem ar. Dei com força um soco em suas costas. E outro, e ainda outro. Levantei sua cabeça e enfiei meu dedo na garganta, tentando pescar o pedaço. A carne saiu e a respiração voltou ao normal. Amassei a comida com o garfo, piquei ainda mais os pedaços e ela continuou comendo aquela papa, agora sem perigos.

Rita chegou e se mostrou maravilhada com os progressos. Viu o quarto, a biblioteca aberta e os pontos onde queria fazer as rampas de acesso. Fui devidamente autorizado.

A engasgada me deixou preocupado. Começavam a surgir os problemas com a deglutição. É uma doença malvada. Limita o paciente e atrofia suas atividades mais normais. Com os engasgos, a comida vai para lugares indesejados e cria problemas nos pulmões, infecções respiratórias, febres e dores. A atenção teria que ser redobrada a partir de agora.

16

Quando falei da engasgada, o dr. Garolli demonstrou preocupação. Falou dos perigos da má deglutição e ordenou que a partir daquele momento toda a alimentação teria de ser passada em um liquidificador.

Era um momento em que Amália mudava de patamar. A doença avançava na cruel escalada que leva os pacientes à imobilidade e à morte. É claro que ainda havia muito tempo, mas esse dia iria chegar e aquele fato tinha sido um passo largo para isso. Disse, mais uma vez, que deveríamos dar a Amália a melhor condição de vida naquele momento. Se ela ainda caminhava, que caminhasse sempre. Se ela puder andar na cadeira de rodas, pela casa e pelo bairro, assim seja feito. E se puder passear pela cidade, com seu carro, que o faça. Era a deixa que eu precisava para arrumar o Opalão! O médico concordou comigo e Rita aceitou a ideia, autorizando que fosse feito um orçamento para o conserto.

Tirando os problemas com a deglutição, a saúde de Amália ia muito bem. Dr. Garolli recomendou doses de cálcio para o fortalecimento dos ossos.

Os dias passaram rápido, já era sexta-feira. Dia de pegar o busão e voltar para o Jardim Ângela. Aproveitei todos os momentos livres para fazer as rampas e, a partir de segunda-feira, a cadeira de rodas ia explorar novas áreas. Terminei *Moby Dick* e comecei outro, de pequenos contos: Luis Fernando Verissimo. Estou me divertindo. Rita, boa gente, deixou na mesa vários livros e me poupou de ter que ficar achando os ideais para a minha ignorância literária. E assim já estou com uns seis livros escolhidos. À noite, vamos para a biblioteca e lá, enquanto leio, Amália ouve música. Durante esses dias o Jardim Ângela virou um capítulo secundário em minha vida e me preocupei com isso.

Fui até a garagem, peguei a bateria do carro, embrulhei num jornal e improvisei uma alça para facilitar o transporte. Fumei um naquele momento, antes de começar a feitura das rampas. Ao todo, seriam três que desceriam do terraço para o jardim e para o quintal, e do portão da casa para a calçada. Pronto, agora era esperar secar. Subi para o terraço e curti o finalzinho da tarde até Amália acordar. Sonhei. Sentado numa cadeira de rodas, empurrado por Amália pelas ruas do Pacaembu. Divertíamo-nos descendo as ladeiras, desviando dos guardinhas e das empregadas. Amália gargalhava e eu, assustado e feliz, também vibrava com a corrida. Num momento da brincadeira, surge a autoritária Fátima, Bíblia na mão, falando de pecado e pecadores. Abri os olhos e percebi, agora ao vivo, que ela estava ao meu lado, me encarando. Levantei ainda fumado e, mais autoritário que ela, ordenei que me seguisse. Mostrei o novo quarto e as rampas. Falei da rotina, que deveria ser cumprida à risca, todos os dias da semana. Ela tentou criar empecilhos, mas eu não dei espaço para que continuasse falando. O cabo de guerra durou algum tempo. Reclamou que a antena da TV estava desligada, isso seria muito mal para Amália. Assistir à TV era um entretenimento que ela gostava muito. Rindo, eu disse que durante toda a semana ela não assistiu a nada na TV, que tinha ouvido música na biblioteca e não sentiu a menor falta de ficar sentada na poltrona. Na minha loucura, juro que vi uma fumacinha saindo dos olhos da bruxa. Desci as escadas, pois Amália acordaria logo. De novo as profilaxias de praxe. Dona Filomena havia assimilado as recomendações do médico e preparou um mingau de milho que estava divino. Comi dois pratos e tomei duas xícaras de café com leite. Pela primeira vezsentei Amália na cadeira da copa, observando com cuidado seu equilíbrio naquele assento sem braços, diante dos olhares de censura da vaca da Fátima. No caderno, criei escalas e horários da nova rotina e passei para as mãos da censuradora. Peguei minhas coisas, a velha peruca e a bateria do Opala. Despedi-me com um até segunda e caminhei para a rua.

Maria estava parada na frente da casa. Com certeza esperando minha saída. Disse pra eu entrar no carro, me daria uma carona. Eu recusei, ela insistiu, me deixaria no meio do caminho. Olhei para a bateria do Opalão, calculei o peso e aceitei a carona, certo de que iria custar caro. Mas ao mesmo tempo aquela mulher me dava tesão, toda gordinha, perfumada e sexy. Na voz, no jeito de olhar, no calor que irradiava. Era um carro bacana, desses chineses, 4X4, preto, imponente. Seguimos para a marginal Pinheiros e assim que entramos na pista sua mão pousou na minha perna e foi subindo, subindo, até pegar meu pau. Cedi e pus minha mão em sua perna, procurando a fonte de calor. Ela respirava forte, mas não dizia palavra.

Uma placa motel, na nossa frente. Vip Motel. Ela entrou e só esticou a mão pedindo meu documento. No quarto, mais devassidão. Uma trepada antológica, daquelas de gastar toda a energia que ainda existia em meu corpo. Dessa vez consegui, pouco antes da hora agá, pescar no criado-mudo uma camisinha que vesti meio desajeitado e despejei o gozo acumulado de vários dias. Vibrei com aquele sexo intenso, pelo qual esperei toda a semana. Cansados, entramos no carro e, em silêncio, seguimos até o Largo Treze. Tentei falar alguma coisa, me aproximar para um beijo de despedida e encostar meu corpo no dela para um abraço. Nada. Me vi no meio da rua, mochila às costas, peruca e o cubo da bateria embrulhado em jornal nas mãos. Agora era só mais uma van e eu estaria em casa.

Policiais pararam a van e desceu todo mundo. "Mão na cabeça! Encosta no muro! Abre as pernas! Tira tudo da mochila!"

Não aconteceu nada, não me tocaram, mas mesmo assim me senti humilhado. Quem me deu a geral foi uma policial feminina. Eu preocupado com o resto de maconha mocozada no fundo da mochila. Mas ela riu foi quando viu a peruca enrolada num plástico. Mostrou para os outros policiais que me esculacharam na frente de todo mundo. Perguntou onde estava a maquiagem, o vestido e o sapato alto, e eu firme, sem dizer palavra. Encontrou a minha carteira de técnico em enfermagem. Perguntas de praxe, mandou recolocar as coisas na mochila e pegar a bateria do Opala, agora sem a alça improvisada. Um até logo, boa sorte e, humilhante, vindo da boca da policial: "Arrasa essa noite, *drag queen*!".

17

Bar do Porcão lotado, fui ao balcão e pedi oito latas de cerveja. Paguei e saí, sem ouvir a galera chamando para eu ficar um pouco. Atravessei a ruela que leva a casa. Minha mulher e minha filha na sala, a TV ligada. Brinquei um pouco com Kelly e fui pra cozinha esquentar o rango. Abri uma cerva que terminei num gole só. Abri outra e mais um gole, lá se foi meia lata. Acho que comprei pouca cerveja. Joyce se aproximou e sentiu no ar a traição cometida com Maria. Mulher é terrível. Sente o cheiro das cagadas que a gente faz. Aquele papo de que eu estava estranho, entrei sem dar beijo, com uma semana fora de casa, me cobrando uma resposta. Pior é que ela tinha razão. Eu estava acabado, não ia conseguir fazer nada naquela noite. Desconversei e peguei o prato pra me servir. Joyce insistiu e levantou o tom de voz. Eu retruquei mais alto ainda indo pro quarto. O nhe-nhe-nhem dela reclamando foi ficando mais baixo, até perder em volume para o som da TV. Lembrei que teria que levar a peruca ainda hoje para a Neuzinha cabelereira dar um trato legal. Mais um estresse. Olhei a janela, pensei em pular e sair de casa sem ser visto. Ia ser pior. Se Joyce entrasse e não me visse, o Jardim Ângela inteiro ia ouvir o esporro. A sorte me bafejou. Ela entrou no banheiro e girou a chave. Levantei ligeiro, peguei as coisas e saí gritando "vou até o bar do Porcão e já volto!". Minha casa estava virando um ambiente estranho, desconfortável.

Enquanto mostrei a peruca suja e descabelada para a Neuzinha, me ocorreu propor para Joyce mudarmos todos para o Pacaembu. Ela poderia trabalhar, ajudando a velha Filomena, e Kelly iria para a escola todos os dias. A pior escola pública do Pacaembu seria bem melhor que qualquer escola pública do Jardim Ângela, disso eu tinha certeza. Neuzinha ficou olhando um tempão para aquele chumaço de cabelos desgrenhados sem saber o que me dizer. Me mostrou umas outras perucas que ela tinha. Não ia rolar. Antes de mais nada, ela iria lavar aquilo, depois pentear. Elogiou a qualidade, feita de cabelos naturais, e pediu para eu pegar a encomenda no domingo. De lá, fui para a oficina do Olésio, levei a bateria e combinei uma ida dele para dar um trato na caranga. Saí, perdido, olhando o meu bairro sem reconhecê-lo, sem vontade de nada, nem bar, nem minha casa. O vazio nunca tinha vindo tão forte. Voltei para enfrentar a fúria de Joyce. No portão, vi o clarão das luzes coloridas da TV. Na casa ao lado, um pagode a pleno volume. Na outra, um hino protestante competia com o pagode e a TV. Olhei para o céu e o pensamento foi voando. Lembrei do tempo em que o bairro era distante e alegre. Na avalanche de gente que veio pra cá, a violência se instalando, o tráfico de drogas criando poderes paralelos, amigos dos tempos de criança que passaram a militar nesses exércitos, contra tudo e contra todos. Jardim Ângela que era um mato, gente simples, mas de bem. Dos finais de semana nos campinhos de futebol, dos namoros nos portões das casas e nos passeios até a represa. Dos churrascos feitos nos mutirões, enchendo lajes para amigos. Das rodas de samba, de forró e de música sertaneja. Jardim Ângela que ganhou fama de bairro mais violento de São Paulo, o ódio da população ao ver corpos de gente conhecida, caídos no chão de poeira. Os clubes de várzea e associações de bairro fechados, sob a alegação de que eram lugares propícios para o tráfico se desenvolver. O crescimento desordenado, as casas e puxadinhos avançando no traçado de futuras ruas, criando um emaranhado que dificulta o trabalho da polícia e favorece o dos traficantes. A lei do cada um por si. Famílias se dizimando, pais e mães desesperados que choram pelos filhos que escaparam de suas mãos, filhas que descobriram as formas mais sórdidas de sobrevivência, vendendo seus corpos para colocar comida dentro de casa. Finais de semana nos botecos, torcendo para a segunda-feira chegar logo. As mulheres trancadas em casa, protegendo seus filhos em microquintais ou em minúsculas salas à frente de aparelhos de TV. E voltei a pensar que a cidade era composta por milhares de Jardins Ângela que cercavam uns poucos bairros de bacanas no centro da cidade. E, egoísta, via a chance de sair dali e ir para o Pacaembu, minha filha ter um mundo melhor, com oportunidades de estudo e trabalho. Recuperar o tempo que perdi, prensado em ônibus fétidos e suarentos. Uma vida digna, dormindo em camas macias e cheirosas, num bairro que ressentia a creolina, ainda que para limpar o mijo de meus iguais. Entrei em casa para ouvir a fala de Joyce e convencê-la a se mudar daquele bairro inviável. Sorte ou azar, ela já estava dormindo. Abri as cobertas e deitei sem fazer barulho.

Quando acordei, Joyce já não estava ao meu lado. Era dia de faxina e toda a mobília da casa estava lá fora, desmofando. Panelas sendo lavadas e areadas. Tapetes e cobertas estendidos, recebendo a luz do sol. Poltronas, sofá, almofadas, tudo apinhado no pequeno quintal, liberando o espaço para águas, cheias de detergentes e desinfetantes, que dariam um cheiro novo àquele espaço. Me levantei, disposto a ajudar na limpeza. Som alto na caixa:

Vô varrendo, vô varrendo, vô varrendo, vô varrendo...

Queria transformar aquele sábado, como nos velhos tempos do Jardim Ângela. O povo veio se aproximando, sem entender aquela ilha de alegria no mar de desilusão e, aos poucos, aquela atividade foi se expandindo para outras casas que também começaram a pôr no sol seus móveis e objetos mofados e a cerveja chegando de geladeiras colocadas para o degelo, e nacos de carnes, linguiças e tira-gostos e a festa se instaurando até o final da tarde naquele mutirão de limpeza voluntário e espontâneo. Um dia atípico para a comunidade. Joyce, que andava emburrada, estava radiante e ensaiou comigo uns passos de samba. Quando anoiteceu, o sexo rolou intenso naquela casa limpa e cheirosa. Não aquela coisa mecânica feita às pressas, mas uma transa gostosa de olhares cúmplices, corpos se abraçando, beijos longos, prazeres molhados e melados. Estenuado, dormi como um bebê e acordei com o domingo amanhecendo na minha cara.

Estava tudo lindo, até Joyce retomar a conversa de sexta-feira. Insistiu em saber quem era a sirigaita e eu negando, sempre, do jeito que aprendi com meu pai, que aprendeu com seu pai, que aprendeu com o pai dele. Falei para ela esquecer tudo aquilo, agora que a gente estava numa boa, depois de uma noite maravilhosa, como há muito tempo não acontecia. Mas ela insistiu até eu explodir. Arrumei minhas coisas, tinha que voltar para o Pacaembu. Joyce e Kelly no portão, choro na cara e eu me distanciando do meu bairro, da minha gente. Passei na Neuzinha e peguei a peruca, que estava zerada, bonita mesmo. Ela improvisou uma cabeça de isopor para apoiar aquela cabeleira que ficou superincômoda. Olésio me devolveu a bateria e fui para o ponto do ônibus. Dei sorte. Um amigo, camisa do Coringão e bandeira, passou de moto e me ofereceu carona. Hoje tem Corinthians e Palmeiras no Pacaembu. Carona sensacional! Porta a porta! E lá fui, peruca esvoaçando numa mão e bateria abraçada na outra, deixando pra trás meu bairro e minha família. Fui me afastando daquela periferia que eu tanto odiava e amava ao mesmo tempo. Jardim Ângela, Capão, Interlagos, o Autódromo, a marginal Pinheiros. Subimos a Rebouças e entramos no túnel que desemboca no estádio. Sugeri deixar a moto na minha rua, na guarita de um guardinha incompetente, mas que daria um ar de segurança para meu amigo. Fomos para o estádio ver o meu timão dar um couro no Palmeiras. Dito e feito, três a zero! Time inspirado, jogando por música. A porcada, cabeça baixa, sofria resignada. A Fiel caía em cima. Não para, não para, não para! Timão eô, Timão eô! Num momento olhei para as numeradas cobertas e vi cadeirantes assistindo ao jogo. Será que Amália iria gostar? Saímos por lá, para me informar se era algum serviço especial para portadores de deficiência. Sim, era grátis para paciente e acompanhante! Sopa no mel. Amália, que devia ser pela lógica torcedora da Lusa, iria se tornar uma corinthiana fanática!

A moto estava lá, intacta, mas o puto do guardinha no maior ronco. Despedidas ao amigo, santo caronista, que ainda ameaçou pegar a carteira para dar uma grana pro guarda. Interpelei a tempo, aquela despesa era minha. Peguei peruca e bateria e entrei na casa. Um sentimento de alma lavada pela vitória do meu time contra o arquirrival e de tristeza pelo meu rompimento com o Jardim Ângela.

18

Cheguei um dia antes e vi coisa que não era para ver. Entrei no quarto e de cara notei os olhos turvos de Amália, sem vida. Continuei entrando, TV ligada e Fátima tentando assistir, dentre o chuvisco de uma TV sem antena, a um desses pastores que falam mal de maconheiros do Jardim Ângela, adoradores de Opalas velhos, empregados que transam com as filhas de seus patrões, de devoradores incondicionais de bolos e pães de queijo e de enfermeiros porra-loucas que brigam para que seus pacientes vivam melhor. Pelo cheiro do quarto, Amália ficou todo o final de semana na cama. Pior: num prato, vi ossos de frango, o que significa que ela comeu coisas sólidas, com risco de engasgar novamente. Desliguei aquela arenga gritada, olhei firme, autoritário, e pedi para que ela saísse comigo do quarto, querendo poupar Amália do esporro que eu ia dar. Na sala de visitas, eu desanquei. Disse que estava lá por ter sido contratado para realizar um serviço profissional e que minhas determinações deveriam ser levadas à risca. Que, se não estivessem contentes com o meu trabalho, me mandassem embora, aliás era o que eu ia fazer, ligar para as filhas de Amália e colocar o meu emprego à disposição. Cabeça baixa, humilde, implorou para que eu não falasse nada. Humilde, mas espumando de raiva, sangue nos olhos, me odiando e me comparando ao belzebu, a besta fera, o bode, o cabrunco, o cão-tinhoso, o coisa-ruim, o dianho, o cão, o capeta.

Ânimos serenados, voltamos ao quarto. Abri uma fresta na janela para arejar o ambiente. Recolhi copos e pratos de comida com restos de dois dias. Troquei a roupa de cama, dei um banho rápido e vesti Amália, substituindo a camisola babada e malcheirosa. E, sem falar muito, me refugiei na biblioteca com minha paciente. Um porto seguro naquela casa. Seus olhos brilhavam, agradecendo pelo resgate. Sorri e a presenteei com música sinfônica. Brahms, concerto para violino e orquestra. Fechei os olhos e imitei-a, batucando levemente, acompanhando o ritmo. O som do violino conversava comigo. Aquilo me acalmava, me fazia sentir feliz e esquecido de todos os problemas. O CD durou quase uma hora, dava tempo para mais um. Coloquei o vizinho de estante do Brahms, Beethoven, tambem violino, só que agora sonatas. Sem saber distinguir um do outro, botei para tocar. Fui correndo para a mesa, abri o livro do Luis Fernando Verissimo e continuei a leitura interrompida na sexta-feira. Em mais uma hora, devorei o livro até o final, numa leitura bem fácil, considerando a minha ignorância literária. Peguei o próximo da pequena pilha deixada por Rita. Steinbeck, *As vinhas da ira*. A música parou de tocar e fomos até a copa. A vaca da Fátima estava sentada lá, dona Filomena a seu lado. Disse que ela poderia dormir com a mãe, pois eu ficaria com Amália no quarto. Servi café com leite, rosquinhas de leite e bolo para ela e, é claro, para mim. O quarto agora estava arejado e gostoso. Profilaxias de praxe e coloquei Amália na cama. Saí rápido e peguei o livro na mesa da biblioteca. Me recostei na cama ao lado e li o primeiro parágrafo. Senti o olho pesado. Melhor dormir. Amanhã vou atacar a reforma do jardim.

O sol que bate no Jardim Ângela bate também no Pacaembu. Acordei com o mesmo espírito de mutirão de limpeza do sábado. Peguei ferramentas na garagem e antes de Amália acordar ataquei aquele campo de guerra com vontade de transformá-lo novamente em um jardim. Cavei, serrei, cortei, limpei e lavei. No meio da manhã, a babá eletrônica anunciou os primeiros sons de Amália, olhei pra mim, estava com uma cor indefinida. Minha pele negra estava mesclada com a cor da terra colada. Pedi a dona Filomena que lhe levasse o café na cama e corri para o chuveiro. Fui rápido. Voltei para o quarto e assumi o comando. Amália se superava a cada dia. Depois do banho, vesti-a com roupa festiva, pois passaríamos a manhã no jardim, eu trabalhando e ela olhando. E assim foi feito. Estreamos a rampinha de cimento, que levou a cadeira de rodas até o meio do jardim.

Passamos até o final da manhã naquela lida e quando olhei para o serviço, vi que tínhamos feito progressos, mais da metade estava limpo. Espargi água para sossegar a poeira e fomos para a sala de jantar, onde o almoço seria servido. Na sala, mais dois espaços vazios de quadros retirados. Perguntei a dona Filomena se Maria havia estado por lá no final de semana. Ela disse que não, apenas o menino Carlos, mas não havia falado com ninguém. Dois ladrões de quadros na mesma família? Voltei para o almoço preocupado. Aqueles sumiços poderiam sobrar para mim e cada quadro daqueles valia uma nota preta. Terminado o almoço, ela dormiu rapidamente. Voltei à biblioteca, telefonei encomendando a grama, arbustos e algumas árvores frutíferas. Voltei para o trabalho pesado e terminei o jardim, antes de Amália acordar. Tomei outro banho e fiquei ali, admirando o trabalho concluído. Ainda tive tempo de pegar o livro na biblioteca e começar a lê-lo, ali mesmo, na varanda.

E assim se passou o dia. Liguei ainda para Rita, pedindo um encontro. Queria falar do sumiço dos quadros, aquilo me preocupava, e dei um pulinho na garagem para instalar a bateria que, mesmo recarregada, não fez o carro funcionar. Amanhã o Olésio iria passar para ver.

Mais uma noitada na biblioteca e o *Vinhas da ira* foi devorado até a metade, enquanto Amália ouvia música. Estava envolvido com aquela história de agricultores americanos que atravessavam o país em busca de trabalho e oportunidades.

> *Os homens em êxodo, fugindo ao terror que campeava atrás deles, assistiram a coisas estranhas, algumas de uma crueldade amargurante e outras de tão maravilhosa bondade que a fé os empolgou e neles se manteve para sempre e sempre.*

Fomos para o quarto e levei o livro. Não conseguia parar. Uma sensação estranha, queria terminar de ler o livro e ao mesmo tempo não queria que ele acabasse. Ouvi um ruído e abri a porta do quarto no exato momento em que Maria estava entrando na casa. Gesto de psiu, ela me chamou para a biblioteca. Segui-a, queria dar um basta naquela relação descabida. O jeito com que se oferecia me faz balançar e num instante já me vi sem as calças, sentindo aquela mulher me atacar, produzindo ruídos que me assustavam e ao mesmo tempo me excitavam. Mais uma vez me rendi àqueles prazeres que, depois, me fariam muito mal. Terminamos, com gemidos e gritos que seguramente foram ouvidos por Amália, Filomena, pelos guardinhas, pelas empregadas e por todo o bairro silencioso do Pacaembu. Aquela rotina seria usada contra mim a qualquer momento. Também teria que colecionar meus trunfos. Assim que terminamos, sentei na sala de visitas e ali me plantei, bem perto dos pregos sem quadros, como um guardião daquelas obras. Sem chance de pegar nada das paredes ou mesas, ela se retirou intempestiva. Aquele enfrentamento me deixou extenuado e, depois de mais um banho, o terceiro naquele dia, voltei para o quarto e dormi.

A semana correu depressa. As plantas e a grama chegaram e a casa ficou bonita de novo. Olésio esteve na terça e fez o Opala pegar. Ele enlouqueceu com o carro. Perguntou se a velha queria vender. Aquilo era uma raridade! Que ofereceria um bom dinheiro. E eu, sorriso triunfante, só na minha. "Esse Opalão é meu e ninguém tasca!" Agora era arrumar um despachante para liberar a papelada. Amália estava mais jovial, corada e saudável. Experimentamos a peruca restaurada pela Neuzinha, arrisquei uma maquiagem bem simples, discreta e ela ficou bonita. Alimentava-se bem, cheia de vontades. Numa das noites, ouvi pela primeira vez a sua voz, acompanhando uma ária de ópera. É o que faz a nossa profissão ser linda. Sentir evolução nos pacientes. Uma mulher que era cantora lírica, famosa, prestigiada, descobre que tem mal de Alzheimer e simplesmente para de cantar. Fica na cama, entrevada e esperando a morte chegar por alguns anos. Daí, por sorte minha e dela, eu apareço e com calma e dedicação vamos mudando as coisas. E ela assimilando a mudança e um dia você ouve uma voz saindo da boca daquela figurinha frágil, relembrando músicas que não ouvia há muito tempo, é uma grande emoção! E o que incomoda é não ter ninguém pra compartilhar e se emocionar com aquela evolução. No dia em que Rita apareceu, repeti a situação, coloquei a mesma música, escureci a biblioteca e pedi para ela cantar. Mas ela ficou calada, tímida, olhando para a gente, sem entender o que estava acontecendo. Assim mesmo, Rita reconheceu as mudanças e ficou mais generosa quanto ao dinheiro necessário para a legalização do carro e outras despesas que passaríamos a fazer com passeios, filmes e concertos. As coisas entravam nos eixos, a casa alegre de novo. Disse que ia pintar a parte externa, aos poucos, na medida em que o trabalho com Amália permitisse. Chamei um tapeceiro para refazer as almofadas da varanda e comprei verniz para passar nos vimes descoloridos e sujos. Mostrei os pregos nas paredes, as manchas de poeira dos quadros roubados. Rita ficou atônita e sem querer expôs toda a crise da família, a interdição de Amália e a impossibilidade de se mexer com seu dinheiro depositado no exterior. Situação difícil. Quadros e obras de arte não estavam listados no processo de intervenção, daí a sanha em querer vendê-los para fazer algum dinheiro. Um patrimônio de muito maior valor estava sendo torrado, vendido com preços muito abaixo do que poderiam valer. Depois de um exercício de memória, identificamos os, até então, cinco quadros surrupiados daquelas paredes. Rita me deu uma ideia de quanto teria ido embora naquela gatunagem: mais de cem mil... dólares! Lembrou que existiam pastas com fotografias de todos os objetos e quadros daquela casa. Fomos à biblioteca procurar. Eram fotos coloridas e nos versos selos e carimbos que comprovavam a posse e a autenticidade das obras. Vendo as fotos, conseguimos identificar os quadros sumidos. Combinamos um novo lugar onde aquelas pastas ficariam. Eu avisaria imediatamente se outro quadro desaparecesse. Escaneou as fotos e mandou via e-mail para alguém. Parecia cena de filme policial. Com um pouco de sorte, a venda de pelo menos alguns quadros seria bloqueada. Fotografamos ainda todas as obras de arte da casa e ela se despediu, dizendo que entraria em contato.

A sexta-feira havia chegado. Fiquei a semana inteira sem manter contato com Joyce e decidi que não iria para casa no final de semana. Queria terminar o jardim, o quintal, dar pelo menos uma volta com o Opala pelo bairro, além de vigiar Fátima nos cuidados com Amália. Liguei para Joyce, dei uma desculpa esfarrapada e me liberei do Jardim Ângela naquele final de semana, sem notar que estava dando mais um passo para meu desligamento daquele mundo.

19

Nos dias que se seguiram, minha vida ficou simples. Jardineiro, pintor e leitor. O trabalho com Amália tinha se tornado uma rotina e tudo estava muito fácil. Ela tinha virado uma espectadora das minhas atividades na reforma da casa. Eu estava contente, emagrecendo com o trabalho braçal. A quantidade de lixo que saiu em caçambas era impressionante. Aos poucos, fomos aumentando nossas saídas para o jardim da frente, que já estava pronto. Enquanto pintava o muro, vários moradores da rua vieram vê-la, conversavam, elogiando as mudanças na casa. O período da noite, entre o jantar e a hora de dormir, era reservado para minhas leituras, e os livros deixados por Rita foram lidos com uma rapidez espantosa. Ler tinha se transformado num vício obsessivo, incontrolável. A ponto de ligar para Rita com alguma desculpa, mas com o objetivo principal de pedir novas indicações. A biblioteca me atraía, me fascinava. Descobri um enorme dicionário, que virou um querido escudeiro e que me salvava do desconhecimento do significado de muitas palavras. Passei a ler em voz alta para Amália. Os mais variados autores passaram sob meus olhos e novas descobertas aconteciam naquele espaço. Um dia, abrindo um pequeno armário, descobri pastas com fotografias de Amália representando e vários envelopes, DVDs com títulos, nomes de maestros e cantores escritos com caneta. Em todos se repetia o nome de Amália Sobreira. Eram apresentações gravadas em várias datas diferentes. Retirei a TV do quarto e a coloquei numa estante da biblioteca de frente para a poltrona de Amália. Liguei os cabos do DVD e testei a imagem. À noite, depois do jantar, separei uma taça de vinho, achei suco de uva na geladeira e preparei a exibição do vídeo como se fosse uma estreia. Brindamos com o suco e rodei o DVD. Foi muito para Amália. Inquieta, ela tentava se levantar da poltrona e chorou. O que se passaria naquela cabeça? Estava sendo bom? Não estava? *La Traviata*, Sobreira e Medina, regência de Roberto Duarte, direção de Lage. Era o que estava escrito no DVD. Gente muito bem vestida, palácios, champanhes etc. Depois de um tempo, ela acalmou e assistiu ao vídeo, sempre muito emocionada. Eu grudei na telinha o tempo todo. Já conhecia algumas árias, herança do meu paciente anterior, mas assistir ali, ao lado de quem estava interpretando, era muito forte. Durante dias, assistimos a várias óperas, todas com Amália representando um monte de personagens, às vezes engraçados, às vezes trágicos. Pelos aplausos e buquês de flores jogados no palco ao final de cada apresentação se via o quanto era querida pelo público. Por meio de fotos, informações e recortes de jornais que estavam naquelas pastas tracei a trajetória daquela mulher. Uma soprano, com grandes qualidades musicais. *Cavalleria rusticana, Madame Buterfly, Tosca, Norma, La Gioconda, Un ballo in maschera, Lucia de Lammermoor* foram alguns dos DVDs a que assistimos. Nas fotos, cenas de várias óperas e finais de espetáculos, sempre com o palco forrado de flores e o público em pé aplaudindo. E nos recortes, passagens de sua vida. A dupla formada com o marido, Amadeu, barítono brasileiro de sucesso. Sua importância para a música erudita, quando lançou uma série de discos de compositores brasileiros. Várias fotos de Amália participando ativamente em palanques e passeatas. Tudo isso revelava uma mulher combativa e corajosa. O que me deixou orgulhoso por conviver com Amália Sobreira – La Vocce, assim era anunciada. É claro que tinha seus defeitos. Nos armários xeretados, encontrei recortes de jornais e revistas que falavam mal dela, principalmente denunciando sua fama de má pagadora, caloteira. Entrevistas e depoimentos de cantores, atores e diretores que teriam deixado de receber por serviços prestados, reportagens denunciando irregularidades com verbas e subvenções. Preferi não olhar detidamente aqueles papéis e deixar preservada a imagem positiva que tinha de Amália Sobreira.

Todos os dias passava na garagem, ligava o Opala e o deixava funcionando por alguns minutos. Como criança, me colocava à frente do volante e me imaginava circulando pela cidade com aquele carro. Mandei os documentos para o despachante e ele pediu que eu fosse fazer a inspeção veicular. Em duas semanas, terminei o jardim e a pintura. Agora a casa estava tinindo, novinha, e dona Filomena e eu orgulhosos da missão cumprida. Maria deu um tempo nas suas aparições repentinas e eu intuí que as medidas tomadas por Rita surtiram efeito.

Uma noite, Amália e eu na biblioteca lendo, chegou Carlos, o filho que faltava conhecer. O ladrão de quadros.

Cenho franzido, entrou pouquíssimo simpático, mal me olhando. Me apresentei estendendo a mão. Tem cara que aperta a mão sem apertar e ele era um deles. Parecia que eu estava apertando um pedaço de gelatina. Não fez nenhuma pergunta, mas um monte de afirmações, sem dividir nada, só valendo a opinião dele. O discurso era nojento, falou que os gastos que estavam sendo feitos eram absurdos e que a mãe estava atarantada com tanta mudança. Não estavam deixando ela descansar e viver conformada com o que o destino havia lhe dado. Tentei contra-argumentar, dizendo que Amália estava feliz com as mudanças e que seus olhos, seu corpo e seu sorriso mostravam isso. Ele desconversou, mudou de assunto. Estava atrás de umas pastas com os certificados dos quadros e objetos. Sem a menor cerimônia, revirou armários e gavetas, mexeu em livros e outras pastas e saiu, deixando a maior bagunça na biblioteca. Eu não perdoei. Quando ele estava saindo, perguntei se queria as pastas por causa do desaparecimento dos quadros. Disse que Rita também estava preocupada. Dissimulou, insistindo que eu não falasse nada com Rita. O cara saiu como entrou, sem sequer dar um beijo na mãe.

Noite. Eu no terraço, livro na mão, dando uma bola. Ao fundo, um clarão do estádio iluminado. Prossegui em minha leitura e um som estranho desviou a minha atenção. Era um uuuuuuaaaaaahhhhhhh forte, de muita gente gritando ao mesmo tempo, e eu demorei pra perceber que era o ruído da torcida, que comemorava mais um gol. Agucei o ouvido e tentei ouvir melhor: “Aqui tem um bando de louco. Louco por ti Corinthians!”. Enlouqueci, queria ir lá ver. Lembrei que no domingo teria outro jogo, pegaria os convites para levar Amália. Minha atenção foi desviada pelo celular que vibrava no meu bolso. Olhei a tela e li "sogra". Atendi sem vontade de atender. Estavam preocupados com o meu sumiço. Perguntou o que tinha acontecido e eu disse que estava tendo muito trabalho com a paciente, blá-blá-blá. Na verdade não tinha a menor vontade de ir lá, ver Joyce e acirrar ainda mais a nossa distância. Perguntei se elas estavam precisando de alguma coisa e disse que no final de semana, se desse, iria para casa, ao menos telefonaria. Amanhã depositaria um dinheiro na conta da Joyce, que ela não se preocupasse. Um novo ruído de gol me fez desligar apressadamente o telefone.

Sentei na poltrona do terraço e me preocupei com Kelly. Minha filha precisava de um pai para ser criada, ainda mais lá, naquele Jardim Ângela cinza e desprovido. Queria convencer Joyce a vir pra cá e tinha certeza de que a vida seria melhor e mais fácil. Continuei ruminando aquela ideia. Amanhã falaria com Rita e já sabia que ela iria topar. Existia um cômodo ao lado do quarto de Filomena lá nos fundos, que, com uma pequena reforma, se transformaria numa casinha bem melhor que o barraco do Jardim Ângela. O jogo havia terminado e aos poucos o ruído da rua foi aumentando. Mais uma vez a horda de corinthianos do Jardim Ângela cortava caminho pelo bairro limpinho e cheiroso do Pacaembu, causando devastação e malcheiro. Pior é que eu senti mesmo o cheiro vindo da rua, e era bem desagradável.

20

Estava demorando. O inspetor saiu e chamou outro cara, mascarado, que deitou embaixo do carro e passou o dedo em algum lugar. Um passou a conversar com o outro, mostrando o dedo sujo, o outro olhava, pegou uma estopa, voltou para o computador, entrou no carro, deu uma baita acelerada. Outra dessas e fundia o motor. Voltou para o computador, pegou um papel, destacou o tão almejado selinho e pregou no vidro dianteiro do carro. Meu sorriso foi inevitável, o Opalão foi aprovado na inspeção veicular! Voltei pra casa triunfante. Agora é só a papelada e o carro fica zerado de B.O., podendo trafegar pelas quebradas da cidade. Gostosa a sensação de dirigir. Estou me sentindo um bacana. Antes de chegar em casa, paro no posto de gasolina, mando lavar e lubrificar. Em quarenta minutos o Opala está tinindo. Se tudo der certo, semana que vem vamos dar uma banda pela cidade.

De volta a casa, vejo no relógio que ainda temos tempo para um passeio mais longo. Saio com Amália até a pracinha do supermercado, aos poucos, devagar. A cadeira chacoalha pelas calçadas, desvia de alguns buracos, para cair em outros. Merda de cidade. Vez ou outra somos parados por vizinhos surpresos em vê-la novamente pelas ruas do bairro. De novidade, apenas uma lambida enorme e molhada de um cachorrão. Amália riu bastante e me fez pensar na possibilidade de termos um lá na casa. Aprendi que animais representam muito para doentes de Alzheimer. Alguns têm dificuldade para expor suas reações e sentimentos, mas quando pegam um animal no colo imediatamente demonstram felicidade. Além disso, um cachorrinho vai dar vida àquela casa, agora em nova fase.

Demos uma esticada até o estádio. Preenchi um formulário com os nossos nomes e endereço, e tal e saímos de lá com o ingresso totalmente gratuito na mão. Amália estava feliz, quem a via ficava feliz e eu, também feliz. Ajudava minha paciente, devorava livros que jamais imaginei que leria, ouvia boa música e comia a melhor comida.

Durante a tarde ela dormiu sorrindo. Eu aproveitei o tempo para ler. Lia agora *Feliz ano novo*, de Rubem Fonseca, um livro de contos curtos. O conto que dá nome ao livro poderia tranquilamente ter como seus personagens a gente do Jardim Ângela.

> *— Os ferros na mão e a gente nada, disse Zequinha.*
> *— O material é do Lambreta.*
> *— E aonde é que a gente ia usar ele numa hora destas? Zequinha chupou ar fingindo que tinha coisas entre os dentes. Acho que ele também estava com fome.*
> *— Eu tava pensando a gente invadir uma casa bacana que tá dando festa. O mulherio tá cheio de joia e eu tenho um cara que compra tudo que eu levar. E os barbados tão cheios de grana na carteira. Você sabe que tem anel que*

vale cinco milhas e colar de quinze, nesse intruja que eu conheço? Ele paga na hora.

O fumo acabou. A cachaça também. Começou a chover.

— Lá se foi a tua farofa — disse Pereba.

— Que casa? Você tem alguma em vista?

— Não, mas tá cheio de casa de rico por aí. A gente puxa um carro e sai procurando.

Uma história violenta, sem piedade, mas cheia de impacto. Li o livro muito rápido e ainda naquela tarde já estava lendo o próximo. O tempo voava e a cada livro me sentia mais aberto, mais seguro e percebendo a vida de uma maneira mais arejada.

A campainha tocou. Visitas para Amália. Uma senhorinha de voz grossa, arrogante, entrou direto, sem sequer me olhar, já perguntando por Amália, como se a casa fosse dela. Foi logo pedindo café para Filomena, falando alto, dona do mundo. Junto com ela, ele, uma libélula saltitante. Chapéu de palha bem branco, um paletó também branco de linho, meias coloridas e um tênis cheio de lantejoulas coladas. Uma espécie de lenço de seda no pescoço e uma sombrinha clara, para proteger do sol. Ficou me olhando, com cara de surpresa e alegria ao mesmo tempo, bem viado. Fiquei na minha. Ele se desculpou pela entrada abrupta e tentou explicar quem eram. Ela, uma empresária de cantores. Foi inclusive a empresária de Amália por muitos anos, e ele, um diretor de óperas, que também teria trabalhado com ela. Pedi permissão para ir acordá-la. A dupla se sentou na sala de visitas ao mesmo tempo que dona Filomena trazia café, bolo e pães de queijo. Vesti rapidamente Amália. Uma gritaria festejou sua chegada à sala. Percebi que ela não estava contente com as visitas. A libélula olhava mais pra mim do que pra Amália e a arrogante falava para as paredes. Quanto tempo iria durar aquela lenga-lenga? Coisas para mim incompreensíveis, fulano que iria cantar tal ópera, fulana que deu um vexame na outra ópera tal e assim por diante. O diretor mordiscava o pão de queijo e segurava a xícara com dois dedos empinando os outros, numa posição desconfortabilíssima. A arrogante devorava os pães de queijo, fazendo-os descer com goladas de café com leite. Tímido, perguntei como poderia fazer para Amália voltar a frequentar as óperas e a dona do mundo disse que deixasse com ela. Iria falar com o secretário do não sei o quê, que ela era amiga do governador, do prefeito e do escambau, ela se encarregaria de tudo. Agradeci e pedi um telefone de contato para que pudesse programar as saídas de Amália. Sem me olhar nos olhos, ela disse que eu não me preocupasse, que mandaria a programação e os ingressos. Fiquei na minha, sabendo que não ia rolar daquele jeito, mas tudo bem. O diretor dos tênis de lantejoula disse, meloso e baixinho, que mandaria a programação amanhã sem falta. Mais alguns minutos de futilidades e gritinhos histéricos e a dupla se levantou. Acompanhamos os dois até o portão e eles saíram subindo a ladeira, acompanhados pelos olhares de estranheza dos guardinhas e empregadas domésticas.

Seguimos para a biblioteca. Comecei a ler para Amália um novo livro, *Equador*, de Miguel Sousa Tavares, história de um português que vai morar em São Tomé e Príncipe, colônia portuguesa na Africa. Leitura fluente e gostosa que ela acompanhava com interesse.

> *Quando, naquela manhã chuvosa de dezembro de 1905, Luis Bernardo foi chamado por el-rei d. Carlos a Vila*

Viçosa, não imaginava o que o futuro lhe reservava.
Não sabia que teria de trocar a sua vida despreocupada na sociedade cosmopolita de Lisboa por uma missão tão patriótica quanto arriscada na distante ilha de S. Tomé.
Não esperava que o cargo de governador e a defesa da dignidade dos trabalhadores das roças o lançassem numa rede de conflitos de interesses com a metrópole.
E não contava que a descoberta do amor mudasse sua vida.

Estávamos nos isolando do mundo. Os dois apenas, naquela biblioteca, horas e horas ouvindo música, vendo DVDs e lendo, lendo, lendo. Havia acontecido alguma coisa, pois os dois irmãos deixaram de aparecer na casa. Dona Filomena cada vez mais silenciosa e alheia. Suas pilhas estavam acabando, porém, mulher forte, resistia, realizando as tarefas que lhe eram destinadas. Já não falava, se retirava quando não tinha o que fazer, o que reforçava ainda mais o nosso isolamento. A casa nos bastava. Para Amália, tudo era reconquista. Ela parava em cada espaço, cada objeto. Observava, lembrava. Sua exploração demorava horas, dias, semanas. O jardim e o quintal eram objetos de grande prazer. Por várias vezes tomava sol, que com o tempo foi bronzeando sua pele, deixando-a bonita e mais jovem. Ninguém perceberia que ali estava uma mulher doente. Passei a fazer massagens em seu corpo para melhorar a circulação e mobilidade e foi aí que descobri que ela sentia prazer com as massagens, vontades de um corpo que não estava acabado para as coisas do sexo. Constrangido, entendia a sua necessidade de recuperar o que a doença lhe arrancou sem sequer perguntar se não faria falta. Lembrei-me de um paciente de que havia cuidado uns anos atrás. Numa atitude ousada, convocamos os serviços profissionais de uma massagista que passou a massagear nosso paciente com regularidade. Disfarçávamos seus gemidos com música alta, para que a mulher e os filhos não percebessem a calorosa massagem. E o cara melhorou muito. Não teria a coragem de fazer isso com Amália e nem saberia com quem compartilhar esse assunto. Também não conseguia imaginar aquela mulher elegante e refinada transando com um garoto de programa. Consultei a internet. Só encontrei respostas evasivas sobre a questão, um tabu. Queria ajudar Amália de alguma maneira. Descobri óleo para massagem e deixei minhas mãos livres para que ela fizesse o que quisesse, mas não aconteceu nada. Ela não conseguia intuir o que fazer. Eu me sentia constrangido, sem coragem de seguir em frente, de tomar alguma iniciativa. E assim, frustrados, desistimos. Fiquei devendo aquela para Amália e, por puro constrangimento, colaborei para que esse assunto continuasse sendo tabu.

Já tarde da noite, liguei para Joyce, que atendeu, meio sonada. Disse que precisávamos conversar e pedi que em vez de eu ir para o Jardim Ângela naquele final de semana elas viessem para o Pacaembu. Desliguei, acendi uma ponta e fiquei olhando para o céu, viajando na ideia de abandonar de vez o meu bairro.

21

Chegaram os documentos do Opalão! O carro está totalmente liberado pra andar pelas ruas. Dona Filomena adoeceu, eu liguei para Fátima avisando e ela chegou depois do almoço. Liberei-a das tarefas para que pudesse cuidar da mãe. Preparei, autorizado por Rita, o quarto da Bergère, para que Joyce e Kelly pudessem ficar hospedadas. Elas chegariam ao final da tarde. A doença da velha Filomena veio a calhar na justificativa para que Joyce viesse trabalhar na casa. Filomena precisaria de uma ajudante nas tarefas. Fiz contas e com o dinheiro economizado com moradia, alugando o barraco do Jardim Ângela, transporte e alimentação e juntando o meu salário com o que seria oferecido a Joyce conseguiríamos financiar alguma casinha mais perto. Continuaria trabalhando com Amália e com minha família ao lado. Para a casa seria ótimo, a velha Filomena já não aguentava mais o repuxo e a sujeira ia acumulando, não dava pra limpar a casa o quanto ela precisava. E a presença de Kelly ia dar vida a este lugar, sempre tão quieto e envelhecido. Só faltava a Joyce topar.

A TV do quarto de Filomena e a voz de Fátima lendo trechos da Bíblia eram ouvidas de longe. Liguei a internet. Hoje estreia uma ópera na cidade. Raiva daquela mulher que veio visitar Amália e disse que mandaria os convites. Liguei e pedi ingressos para o sábado. Esgotados. Quando disse que era para a soprano Amália Sobreira as portas se abriram imediatamente. Os ingressos estariam disponíveis na portaria do teatro. Me animei. Quando Amália acordou, dei a notícia e mostrei roupas para ela vestir amanhã. Fui salvo por Rita, que chegou naquele momento. Ela separou roupas escuras e bem mais simples do que eu imaginava. Chamou a mim e a Amália para vermos as novidades. Dois quadros anteriormente sumidos estavam de volta à parede! A compra foi desfeita, sem alarde, e as telas devolvidas aos seus lugares. Quanto às outras, seria mais difícil, haviam sido negociadas há mais tempo e o percurso era mais nebuloso. Rita adorou a ideia da contratação de Joyce, admitindo que Filomena já estava muito velha e cansada. Pensaria em um valor para ela.

As duas chegaram à tarde. Era curioso ver como aquelas figuras destoavam na casa. Joyce, pisando em ovos, andava pela sala repleta de quadros e objetos que formavam um mundo que não lhe pertencia. Kelly chorou assim que o carrilhão, com seu ruído inédito e assustador, bateu as cinco horas. Comeram sem saber como manipular os copos e talheres, naquela mesa enorme. Caminhamos pela varanda e pelo jardim, tentando aproveitar a luz dos últimos dias de primavera, mas ambas continuavam medrosas. Depois de muito tempo, voltei a deixar Amália à frente da TV, para contar a Joyce as minhas intenções de mudança. Mas eu também vacilava. Tudo se perderia se ela não conseguisse entender minhas propostas. Ficamos os três no quarto da Bergère, que da casa era o mais jovial e menos carregado de móveis e quadros soturnos. Kelly conseguiu relaxar, brincando com velhas bonecas que ficavam em cima da cama e logo dormiu. Joyce seguiu tensa, duvidando de minhas falas. Sugeri que fizéssemos uma experiência de alguns dias, afinal ela não teria nada a perder, já que estava sem trabalho. Ela rebateu, dizendo que não pertencia àquele mundo, que tudo aquilo que estava lá lhe soava estranho e que eu estava me distanciando de minhas raízes, renegando mais de trinta anos vividos no Jardim Ângela, que, é claro, tinha milhões de problemas, mas era nosso bairro. Aquela casa era uma ilusão, assim que Amália morresse o pé na bunda viria em seguida. A conversa estava começando a me irritar, desconversei, indo ao quarto da velha Filomena para apresentá-la. Funcionou. Ela se acalmou ao ver pessoas que eram mais do nosso mundo e foi relaxando, até admitir ficar uns dias por ali, ajudando. Mas que seria na próxima semana, pois não estavam preparadas para ficar.

O sábado amanheceu num clima de limpeza da casa. A velha Filomena, ressuscitada de sua gripe, preparou o café da manhã, que continuava maravilhoso. Lavamos a varanda, regamos o jardim e colocamos para arejar móveis e tapetes. Demos uma geral no quarto de Amália. Até Fátima pegou no batente e, talvez pela primeira vez em sua vida, esboçou sorrisos e gentilezas. Kelly brincou com a mangueira no jardim, se sujando bastante com a lama formada pela terra. Passei toda a tarde me dividindo entre Amália e minha família e, quando anoiteceu, convoquei todas da casa para me ajudarem a vesti-la para a ida ao teatro.

Quem visse a cena, ficaria impressionado. O Opala tinindo, brilhante, Amália ao meu lado, maquiada, com a peruca penteada, linda. Eu, roupa branca, blaser azul-marinho. Joyce abriu o portão da garagem e saímos de carro pela primeira vez. Compenetrado, dirigia o Opala. As luzes refletindo no rosto de Amália mostravam seu fascínio. Ela voltava a sair à noite e percebi o quanto deve ter gostado disso em sua vida de artista. Estávamos adiantados o suficiente para esticar um pouco mais a chegada ao teatro e apontei a proa do Opalão para a avenida Paulista. Aquela iluminação excitou Amália ainda mais. Seus olhos acesos não paravam quietos. O Conjunto Nacional, com a movimentação festiva dos sábados, o Masp, imponente na sua arquitetura, e os prédios modernos, com as calçadas largas e cheias de gente. Voltei a pensar no que Joyce me disse e não conseguia ver o que poderia nos ameaçar naquela casa que, antes da minha chegada, era uma terra de ninguém, um depósito de velhas esperando a morte chegar. Minha responsabilidade naquela transformação era grande e tinha certeza de que era reconhecido por isso. Fui eu que cheguei lá e mudei, para melhor. Estava tendo a oportunidade de aplicar tudo o que aprendi sem as inevitáveis interferências de familiares, que sempre acham que sabem mais que a gente. E, principalmente, minha transformação interior, com as leituras, com a música, com as chances de frequentar teatros, morar ao lado do Estádio do Pacaembu e dirigir um Opala vermelho 74, Super Luxo, 4.1, teto de vinil, pelas ruas de São Paulo.

Desci a Brigadeiro Luiz Antônio e me deliciava com as pessoas olhando o carro e aquele improvável casal. Virei à direita no viaduto Dona Paulina, passei por detrás da Catedral e do Tribunal da Justiça. Entrei à esquerda na Roberto Simonsen, Pátio do Colégio, Largo de São Bento. Subi a Líbero Badaró, virei à direita no Viaduto do Chá.

Como é bonita esta cidade à noite! Parece que a sujeira e a pobreza ficam escondidas na escuridão. Ao fundo, vi o Municipal completamente iluminado. Amália, praticamente em êxtase, olhava a cidade, rememorando. Parei na frente da escadaria. As pessoas olhavam para aquele carro como olhariam para uma nave espacial. Um funcionário ia na frente junto com o manobrista, indicando onde parar. Este, babando, estendeu a mão pedindo pela chave do carro. Meu olhar sério e profundo fez o cara entender que aquele carro era muito especial e que qualquer problema seria resolvido na porrada. O cara assimilou a mensagem, pegou a chave e saiu humilde. Fomos para a porta que dava acesso ao teatro e lá até uma mesa, onde recepcionistas entregavam os convites. Fomos atendidos com atenção pela chefe das recepcionistas, uma morena muito simpática e atenciosa, que festejou a presença de Amália novamente naquele teatro, dizendo que era uma honra recebê-la. Entregou-nos um envelope com dois ingressos e nos encaminhou para o saguão.

Os olhos de Amália queriam saltar da órbita. Muitos funcionários vieram cumprimentá-la, todos se dizendo honrados com a sua presença. *Flashes* espocavam sobre aquela mulher. Ela olhava para aquele saguão imponente, carregado de história. Faltava uma hora para o espetáculo começar. Outra recepcionista nos convidou para subirmos até o café e nos indicou o elevador ao lado da grande escadaria que, infelizmente, Amália não poderia subir. O salão do café estava cheio de gente. Pessoas vestidas das maneiras mais esquisitas. Taças seguradas com dedos esticados e canapés comidos com micromordidas. Ouviam-se as palavras Nova York e Paris da mesma forma que no Jardim Ângela se ouve Capão ou Largo Treze. Chapéus estranhos e maquiagens beirando o grotesco. Aos poucos reconheciam Amália e aproximavam-se com gritinhos histéricos ou falas cheias de empolação. A dona do mundo que tinha ido visitá-la há alguns dias trouxe para si as glórias do fato de Amália estar ali. Que mentirosa. Se dependesse dela ainda estaríamos em casa esperando. Para completar, a libélula saltitante surgiu mais afetada do que nunca. Um terno coloridíssimo, com uma gravata brilhante e tênis cravejados de outros vidrinhos coloridos, festejando a presença de Amália. Tentaram oferecer uma taça de champanhe, não permiti. Ela não poderia beber álcool misturado com os remédios que tomava. Alguém trouxe um copo de água. Ouvimos um sinal indicando que se aproximava a hora do espetáculo. Seguimos para o elevador e em seguida para a plateia, sempre indicados pela recepcionista. Mais uma emoção. O enorme lustre aceso, a cortina vermelha e, num buraco lá na frente, os músicos afinavam seus instrumentos, um ruído bem estranho, mas agradável. Ficamos num lugar ótimo, reservado aos convidados vip. No que seria um lugar de uma cadeira normal, coloquei a cadeira de rodas e sentei numa confortável cadeira de veludo. Do meu outro lado, um careca de terno e óculos de fundo de garrafa, caderninho de anotações à mão, se sentiu desconfortável com minha presença. Encarei-o com cara de qualé e ele virou para o outro lado, começando a escrever. Se tem coisa que eu não suporto é o cara se sentir mal com a minha cor, com meu jeito. Fico maluco, perco as estribeiras. Já comprei muita briga por conta disso. Lembro que há não muito tempo, num parquinho desses de *shopping*, um cara veio tirar Kelly de um brinquedo, para colocar no lugar dela outra menina, bem branquinha, querendo passar minha filha para um lugar mais atrás. Não permiti e o cara insistia, dizendo que era a mesma coisa. Agarrei o braço do sacana e disse que a minha filha não ia sair dali e que eu ia denunciá-lo para a polícia. Estava a ponto de enfiar a mão no cara, mas a Joyce me segurou. Ligaram o brinquedo e eu firme no olhar para o babaca racista perdedor. Encarei o crítico pra valer. Vez ou outra, me olhava com o canto do olho. Ainda com as cortinas fechadas, entrou o maestro, muito aplaudido. Em seguida a orquestra começou a tocar. O que se seguiu foi uma sucessão de imagens que dificilmente se apagarão da minha memória. *Cavalleria rusticana*! Uma história que se passava num dia de Páscoa, numa aldeia pequena, que tinha uma igreja e uma praça. Uma procissão, uma mulher desesperada com alguma traição que seu marido cometia e um outro cara, o corno, que era traído por sua mulher, com o marido da desesperada. A história, que também poderia se passar no Jardim Ângela, termina em briga e facada. Tudo cantado. O espetáculo acaba com a luz só na cara da mulher traída. Aplausos, gritos de bravo! Viva! Amália vibrou com o espetáculo. Os cantores agradeceram ao público, o maestro também veio ao palco, as recepcionistas entregaram buquês de flores para as cantoras e a plateia em pé aplaudiu, congraçando-se com o elenco. Impassível, o crítico racista seguiu anotando em seu caderninho. Procurei sair logo, antes daquela multidão. O Opalão estava estacionado no mesmíssimo lugar e o manobrista me entregou a chave. A morena simpática veio mais uma vez agradecer a presença de Amália e me passou um cartão dizendo que quando quiséssemos vir era só ligar para ela. Agradeci, olhei para o cartão, onde li Dyra Oliveira – produtora. Sorri. Ainda existe gente bacana neste mundo.

22

Domingão. O Opala se exibe na marginal Pinheiros, Amália ao meu lado, Joyce e Kelly atrás. Estamos levando-as de volta para o Jardim Ângela, na certeza de que voltarão para o Pacaembu na semana que vem. Amália dorme, cansada da noite anterior.

Mudei um pouco o percurso, não podia deixar de me mostrar naquele carro. Dia de feira, a galera toda por lá fazendo compras. Sons nordestinos, goianos e mineiros se juntavam ao *funk*, criando uma mistura musical inusitada. Jovens comprando ingredientes para o almoço de domingo. Outros, grandes barrigas encostadas em sujos balcões, tomavam as primeiras das muitas cervejas que viriam até a noite. As mulheres comiam pastéis com os olhares atentos nas vitrines das lojas de sapatos e bolsas, sonhando com coisas que não poderão ter, pelo menos neste mês. Carros e motos passam pelas ruas com jovens motoristas que se exibem às suas presas. E o Opala causando inveja. Alguns nos reconhecem, perplexos. Parei na frente de casa. Os curiosos se aproximaram, olhando aquela máquina. Aos poucos, a curiosidade deu lugar à festa, alguém colocou no som um pagode, cervejas abertas, uma carne que assava num braseiro improvisado, e Amália Sobreira, talvez na primeira vez em sua vida elegante e refinada, participou de um churrasco no Jardim Ângela. A festa foi até tarde. Amália, sem entender muito o que se passava, logo cansou e dormiu de novo. Me despedi de Joyce e Kelly com a promessa de que elas viriam no meio da semana e voltei para o Pacaembu.

Chegamos com o céu completamente cinza, os primeiros pingos de uma forte chuva que começava a cair. Troquei a roupa de Amália por uma mais aquecida e fomos para a biblioteca curtir música e leitura. Em pouco tempo, bateram à porta, era Fátima, pronta para ir embora. Sua mãe melhorou bastante e ela pediu para que eu cuidasse um pouco de dona Filomena também. Sugiro o quarto dentro da casa para a velha senhora, e Fátima providencia a mudança, agradecendo. Filomena tossia muito forte e se deitou na cama, tentando me enxergar através de seus olhos opacos.

Uma chuva forte desabou no Pacaembu, lavando as suas ruas e chacoalhando suas árvores. De tempos em tempos, me levantava e ia olhar a velha Filomena. Era forte, apesar da gripe que apanhara com aquela idade tão avançada. Ouvi ruídos de portas e janelas batendo e resolvi fazer uma incursão aos quartos e salas para ver se tudo estava em ordem. Na sala de visitas descobri goteiras preocupantes e na porta da cozinha uma fresta que deixava a água da chuva entrar com força. Ruídos do portão abrindo, da porta de carro fechando e de passos vindo em direção à porta me fizeram entrar rápido no quarto de Amália. Entrevi Maria, molhada de chuva, e voltei à sala de visitas como se estivesse assustado com os ruídos. Ela me pediu uma toalha e eu saí para buscar. Voltei e ela estava seminua, olhando pra mim, pedindo para eu enxugá-la. Meio sem graça esfreguei sem nenhuma convicção as suas costas e ela reclamou, pedindo mais. Tirou o resto de suas roupas e começou a me pegar, abrindo minha calça, tirando minha camisa e me lambendo, e eu me segurando. Dona Filomena dormindo lá em cima e ela gemendo. Sabia que iria me arrepender, que era hora de dar um basta, mas não conseguia, ela me deixava louco e então, ali mesmo, no chão da sala de visitas, aconteceu mais uma vez. Gritos e gemidos, palavrões falados no meio do sexo quase selvagem e eu me acabando de prazer. Ela terminou toda vermelha, com marcas dos meus dedos em suas coxas e bunda e eu sem saber se pedia desculpas, ficava quieto, ou se aproveitava aquele momento para dizer tudo o que achava e terminar de vez com aquela loucura. Optei pela última. Chega. Não dava mais. Melhor acabar com aquilo antes que a coisa piorasse. Ela quis desconversar e sair da minha mão. Apertei com mais força, eu não estava mais brincando. Maria me olhou e deu uma gargalhada, dizendo que agora era tarde. Insisti, disse que minha família estava se mudando para lá e eu não queria complicação. Aquela situação estava perturbando o meu trabalho, era descabido o enfermeiro ficar de caso com a filha da paciente. Maria tirou seu rosto de minha mão com um movimento brusco, me olhou e saiu. Voltei para o quarto, fiquei a noite toda tentando dormir, sem conseguir. Sabia que essa história ia dar merda com a Joyce. Ela não iria perdoar nunca e eu não conseguia me ver separado delas, ainda que isso já estivesse acontecendo. No meio da noite fui para a biblioteca, li até o amanhecer, na esperança de que alguma coisa me iluminasse.

O dia surgiu aos poucos, radiante. Agora era verificar os prejuízos que a chuva teria causado. A velha dona Filomena já estava na cozinha, preparando o café, recuperada. Os reparos a serem feitos na porta eram bem simples, apenas uma borracha nova. Já para a goteira, tive que chamar um pedreiro para olhar o telhado. O vento e a quantidade de água estragaram alguns pequenos arbustos e expulsaram a terra dos canteiros, deixando a horta toda estragada.

Amália acordou como se nada tivesse acontecido. Durante o café da manhã dona Filomena me entregou um envelope encontrado na caixa do correio. Curioso, abri e li:

> *Não se preocupe. Sua mulher, se depender de mim, nunca vai ficar sabendo. Mas não vou abandonar esse pau delicioso. – M*

Não ia ficar antecipando nada, acontecesse o que Deus quisesse.

Nos dias que se seguiram, alternei minhas atividades na recuperação da casa, nas leituras e principalmente na preparação de nossa ida ao estádio para o jogo do Corinthians. Chegado o grande dia, dei uma escapada até a praça, comprei camiseta, bandeira e gorro do timão para vestir Amália a caráter. Mais corinthiana impossível. Duas horas antes do jogo, saímos de casa, eu empurrando a cadeira e ela sentada, bandeira à mão. Outros corinthianos se juntaram a nós e pouco a pouco formamos uma pequena passeata liderados por aquela passionária, ao som de timão eô, timão eô.

Não foi uma experiência agradável para Amália. Ela ficou a maior parte do tempo alheia ao que se passava e às vezes irritada com os gritos e fogos. Além disso, ficamos num lugar ruim, o vento nos castigou por um bom tempo. Para piorar a situação, o timão perdeu de um a zero numa noite nada inspirada. Voltamos para casa apressando o passo, o tempo estava virando novamente. Chegamos junto com a chuva e com o frio.

Frágil, Amália tentava tossir. Aqueci seu corpo com massagens, coloquei-a na cama e preparei um chá, que ela tomou com uma aspirina. Torci para que tudo não passasse de um susto e apaguei a luz na esperança de que amanhã fosse outro dia de sol. O silêncio da casa me impressionava. Não conseguia dormir novamente. Sonhos estranhos com hospitais, morte e cemitérios. A casa estalava, ruídos que nunca tinha escutado. Num determinado momento as luzes se apagaram completamente em todo o bairro, criando uma escuridão tétrica.

O dia amanheceu cinza e emburrado. Olhei o relógio, seis horas, e estranhei não ouvir nenhum ruído nem sentir cheiro de pão ou de bolo assando no forno. Levantei desconfiado e vi que dona Filomena não estava na cozinha. Fui para o quintal, chamando seu nome, prevendo o pior. O quarto estava trancado por dentro. Aumentei o tom de voz chamando-a aos berros. Enfiei com força o meu ombro na porta, que se abriu com um estrondo. Dona Filomena caída no chão. Virei seu corpo, deitando-a de costas. A velha estava mortinha. Naquele momento, desabou uma chuva muito forte.

23

Dona Filomena teve um enterro debaixo de chuva que contou apenas com a minha presença e a de Fátima, num cemitério que fica muito longe, na Zona Leste. Nenhum dos filhos de Amália compareceu. A fase boa daquela casa se acabava. Amália começou a piorar. Problemas respiratórios. Por diversas vezes precisei levá-la ao pronto-socorro. Da última vez, ficou internada por duas noites, em estado preocupante. Mas era forte, saiu do perigo e voltamos para casa. Fátima apareceu para agradecer e se despedir. Nada mais a prendia naquele trabalho. Agradeci, me desculpando de qualquer atitude mais pesada, e ela sorriu, me fazendo acreditar que eu era um cara legal. Joyce foi obrigada a aceitar o trabalho, uma vez que alguém teria que assumir as tarefas que eram feitas por dona Filomena. Minha atividade ficou mais intensa, eu tinha que estar sempre monitorando tosses e engasgos, e, sobretudo, ajudando Amália em sua mobilidade, que havia piorado muito. Mas não abandonei de jeito nenhum o hábito da leitura, trazendo sempre comigo um livro que era lido em qualquer brecha que o tempo permitisse. Tirá-la da cama, colocar na cadeira de rodas, levá-la para o banho, eram tarefas que tinham se transformado num exercício físico enorme para mim, já que ela havia parado de me ajudar. Amália estava se entregando à doença e esta era a pior coisa que podia acontecer. Numa noite, sentei-a na poltrona e olhos nos olhos dela falei que ela não podia desistir, com força de vontade ela conseguiria superar as crises. "Vamos voltar aos concertos, óperas e ler muito, juntos. É fácil, é só superar essa besteirinha de crise respiratória, você tira de letra. Vamos, minha querida, vamos reagir e seguir em frente."

Seus olhos voltaram a brilhar. Prometi que se ela reagisse iríamos juntos até o final, custasse o que custasse.

Deu certo! Amália amanheceu o dia mais alegre. É claro que debilitada pelas crises, mas viva e querendo viver. Levei-a para a copa e servi café com leite e uma fatia de bolo, dessa vez comprado em padaria, que ela comeu com vontade. Bem agasalhada, fomos para a varanda, na parte envidraçada, protegida do vento. Divertiu-se com Kelly e passaram a manhã brincando de boneca e comidinhas. Na biblioteca, ouvimos um CD inteiro, dessa vez de coros de óperas famosas. Ela gostou, até cantarolou várias delas.

Va', pensiero, sull'ali dorate.
Va', ti posa sui clivi, sui coll,
ove olezzano tepide e molli
l'aure dolci del suolo natal[2]

---

2 Vá, pensamento, sobre as asas douradas, vá e pousa sobre as encostas e as colinas, onde os ares são tépidos e macios com a doce fragrância do solo natal. *Nabucco*, G. Verdi.

Antes do almoço dormiu um pouco. Joyce se desdobrava para tentar agradar. Mas sentia medo daquela casa e não relaxava. A lida com Amália não permitia que eu lhe desse atenção. Nossa vida afetiva estava em franca decadência e para mim já não fazia tanta falta.

E o pior aconteceu. Numa noite, já tarde, Maria chegou, bêbada, fazendo barulho. Entrou no quarto da mãe me procurando. Eu fingi que dormia. Começou a me apalpar, me chamando para sair do quarto. Jurou que não faria nada, pois sabia que minha mulher e minha filha estavam dormindo na casa dos fundos. Fomos até a sala e ela continuou a me provocar, passando as mãos pelo meu corpo. Eu, na minha. Olhei de relance para a porta e percebi um vulto passando. Merda! Joyce tinha visto. Me recompus e fui até a copa, mas não consegui constatar se ela viu ou se teria sido apenas uma impressão. Sério, me despedi de Maria e entrei no quarto novamente.

No dia seguinte, tentei me aproximar de Joyce. O vulto passando era apenas coisa da minha cabeça? Ela não me dava nenhuma pista e também não abria a guarda para que eu pudesse avançar em minha aproximação. Me tranquei na biblioteca e li para Amália. De tempos em tempos Joyce aparecia, fechada, pouco falava ou reagia e eu sem pistas, imaginando coisas, quase me desculpando.

Amália foi, aos poucos, retomando sua vontade de viver, o que me deixou novamente motivado. Voltei a verificar espetáculos musicais para as próximas semanas, além de pedir para Rita a indicação de novos livros, a pilha que ela havia me separado estava no fim. Joyce iria passar o final de semana no Jardim Ângela. Pra mim tudo bem, se fosse apenas esquentar alguma comida já pronta, poderia me virar sozinho.

Todos os sintomas de Amália se foram. Alegre, se alimentando bem e novamente disposta, me deu coragem para novas aventuras fora da casa. Na terça-feira, acordamos muito cedo. Depois das profilaxias de praxe, vesti-a bem agasalhada e conduzi-a até a garagem. Joyce e Kelly, silenciosas no portão, acompanhavam a nossa partida.

O sol nascia alaranjado, prometendo um dia lindo, enquanto o Opala deslizava suavemente pela Imigrantes, destino Santos, onde faríamos um passeio pela orla, naquele calçadão maravilhoso. Sempre achei aquele lugar ideal para as pessoas envelhecerem. Sem ladeiras, calçadas sem buracos, aquela temperatura agradável, além do cheirinho de maresia e, principalmente, a vista para o mar. Um monte de velhinhos passeando. Uns caminhando e até correndo. Outros sentados, refletindo sobre suas vidas. E ainda aqueles já inertes, conduzidos por enfermeiros ou acompanhantes em cadeiras de rodas.

Comprei um coco e trouxe para Amália. Ela sugou aquele líquido gelado que acabou rapidinho. O sorriso em seu rosto indicava que queria passear mais. E lá ia a cadeira de rodas pelo calçadão. Vimos crianças brincando na areia da praia, jovens se exercitando em aparelhos distribuídos por toda a orla, pipoqueiros, sorveteiros, bijuzeiros e a malandragem, que fica por lá dando um tempo, maquinando situações. A manhã foi passando e a fome chegando.

A posta de badejo fresquinha, muito azeite, batata, pimentão e azeitona, me fez lembrar dona Filomena. Muito bom. Amassei o peixe, as batatas e servi Amália, que também gostou. Para arrematar, pudim de leite, com calda de ameixa. Fomos procurar um lugar pra sentar na orla e fazer o quilo. Voltamos pra frente do canal a tempo de ver um enorme navio de passageiros sendo rebocado para o mar. O gigante ali, a poucos metros da gente, acentuando ainda mais a nossa insignificância. Aquilo me deixava fascinado! Não resisti e quando a cabine do navio estava passando à nossa frente, acenei com os dois braços na esperança de que fosse visto. O navio respondeu com um apitaço, emocionante e assustador. Para onde iria aquele bichão? Várias pessoas na amurada acenavam para nós, reles terrestres que assistiamos àquela partida para outras terras, outros mundos. O vapor seguiu, apitando ainda algumas vezes, nos avisando que o passeio havia terminado e que teríamos que voltar pra casa.

Gostoso ver o pôr do sol na estrada vazia. Em menos de uma hora já estávamos em São Paulo e, mais quarenta minutos, em casa. Dei um banho em Amália e a vesti com roupa para dormir. Joyce havia feito uma sopa que achei de bom tamanho, para quem tinha comido peixe com batatas no almoço. Ela dormiu e fui para a biblioteca, meu refúgio salvador. Comecei a ler, compenetrado, um livro de Isabel Allende, autora chilena, uma história fantástica sobre uma viagem à Amazônia de um garoto e sua avó.

> *Enquanto punha um curativo em sua mão, Kate explicou-lhe que a revista* International Geographic *havia financiado uma expedição ao coração da selva Amazônica. Entre o Brasil e a Venezuela, em busca de uma criatura gigantesca, possivelmente humanoide, já vista em várias ocasiões. Tinham encontrado pegadas enormes... Era o equivalente, em plena selva, ao Yety das montanhas do Himalaia...*
>
> *— É perigoso?*
>
> *— Não, Alexander. É muito amável. Não rouba, não rapta e não destrói a propriedade privada. Apenas mata.*

Enquanto lia, pensava ao mesmo tempo: a leitura, que durante toda a minha vida era uma terrível obrigação, tinha virado uma atividade prazeirosa.

Todos nós somos acompanhados pelo espírito de um animal. É como nossa alma. Nem todos encontram seu animal, só os grandes guerreiros e os xamãs, mas você descobriu o seu sem procurar. Seu nome é Jaguar.
— Jaguar?
— Alexander é o nome que você recebeu de seus pais. Jaguar é o seu nome verdadeiro, mas para usá-lo você deve ter a natureza do animal.
— Como é a natureza dele? Cruel e sanguinária?
— Os animais não são cruéis como os homens; só matam para defender-se ou quando têm fome.

À vontade, fui até o armário da sala de jantar e peguei um cálice de vinho do porto que me acompanharia naquela leitura. Voltei para a cadeira e senti a presença de Joyce me olhando, angustiada, querendo falar.

24

Acompanhei Joyce e Kelly até a porta. Estavam indo embora daquela casa para sempre. Joyce voltou do Jardim Ângela para me comunicar que não ia dar certo, que aquele lugar não tinha nada a ver com ela, nem com Kelly nem comigo. Que eu estava deslumbrado, levaria um pé na bunda assim que Amália fosse internada numa clínica. Iludindo-me por causa de um carro velho, umas migalhas de dinheiro e passeios com uma velha por teatros e cinemas, sabe-se lá por quanto tempo. Me esculachou mesmo. E eu quieto, nem tentando argumentar, porque sabia que não ia adiantar nada. E o esporro seguiu, Joyce como eu nunca tinha visto antes, amaldiçoava e me assustava: que eu voltaria pro Jardim Ângela, uma mão na frente e outra atrás, lhe dando razão e pedindo desculpas. Aquela arenga estava me fazendo mal e eu levantei a voz, dando um basta naquela situação. "Vai, pega suas coisas e se manda. Acabou por aqui, Joyce. Eu vou continuar na minha jornada, porque aliás é a unica coisa que sei fazer e se não me agarrar na minha profissão, aí sim não vai sobrar nada. Não estou abrindo as pernas pra ninguém e estou desenvolvendo o meu trabalho. Me orgulho disso. Essa mulher está completamente abandonada pela família, será que você não percebeu? Tirei-a dum quarto nojento, no andar de cima, trouxe pra baixo, onde ela pode circular por uma casa que é dela, com as coisas dela, o mundo dela, isso a deixou com vontade de viver de novo!" E fui saindo da biblioteca, brusco, no fundo com medo de que ela me jogasse na cara a história com a filha de Amália. E ela jogou. Sabia que eu estava tendo um caso com Maria. Eu neguei, ela retrucou, tinha visto. Eu disse que não tinha feito nada, até que explodi, com a voz forte e assustadora: "Chega! Vai, se manda, acabou!". E ela, retraída, foi pro quarto do fundo, pegou Kelly e as coisas quando eu já começava a me arrepender de tudo aquilo, revendo os anos que passei junto àquela mulher, com medo de perdê-la, perder minha filha, minhas raízes, mas também sem querer voltar atrás e agora quieto, cabeça baixa, pensando no que fazer, no que falar, e nada vindo na minha cabeça.

Foi assim a partida das duas. Fui salvo dos maus pensamentos pelos ruídos da babá eletrênica, que ultimamente andava presa na minha cintura.

Agora, além de Amália, tinha que cuidar de todos os serviços, cozinhar, lavar, passar e limpar. Liguei para Rita e expliquei a situação, pedindo que ela providenciasse alguém com urgência. O tempo passava sem que a situação se resolvesse. Dias e noites na biblioteca, em leituras vorazes, como se isso fizesse com que o mundo lá fora parasse. Alguma coisa nova no olhar de Amália me agradecia pelo fato de estar ali com ela, sabendo de tudo o que se passava.

Quinze dias depois de estar me desdobrando na casa para cumprir as tarefas, tocaram a campanhia. Era o guarda, acompanhado da sobrinha, que estava precisando trabalhar. Expliquei o serviço e pedi que começasse o mais cedo possível. Senti-me mais aliviado sabendo que poderia voltar a me dedicar exclusivamente a Amália, aos livros, discos, passeios e concertos. Fiz dessas práticas um cotidiano que não me permite mais nada. Um dia a dia que me basta: acordo, levanto, escovo os dentes, tomo o café da manhã, não é tão ruim o café que Cida, este é o nome da menina, prepara. Volto para ver Amália, que acorda, abro as janelas do quarto, faço uma festa de bom-dia e a abraço, com força a levanto e com a ponta do pé ajeito a cadeira de rodas e giro seu corpo. Bem devagar eu a sento, empurro-a para o banheiro, posiciono-a na cadeira de banho, levo-a pra debaixo do chuveiro e deixo-a lá, enquanto coloco uma bermuda, chinelos e luvas de borracha e vou esfregando o sabão naquele corpo magro, pele branquinha, fininha, deixando Amália limpinha e cheirosa, penteando seus poucos e ralos cabelos e depois secando-a, transferindo-a de novo para a cadeira de rodas e, se tiver sol, deixando-a uns cinco minutos de calcinha e sutiã exposta àquele calorzinho gostoso, senão colocando roupa, sempre bonita, que a deixe elegante, e seguindo com a cadeira para a copa para servir-lhe o café da manhã, deixando que ela coma e beba sozinha, ainda que faça alguma sujeira, em seguida indo para o jardim ou para a biblioteca, ou ainda para pequenos passeios na rua, sempre acompanhados de leituras de capítulos do livro que está sendo lido naquele momento, até que o sono chegue de novo e aí levá-la de volta ao quarto, colocá-la na cama e vestir-lhe uma camisola, escurecendo de novo o quarto, esperando ela dormir, e então ligar a babá eletronica e sair do quarto e correr para a biblioteca e voltar a ler, ler, ler. Até a babá eletronica emitir o ruído de que ela está acordando e eu voltar para o quarto, abrir as janelas e tirar as cobertas, vesti-la com uma roupa novamente e levá-la em direção à copa, para que ela coma sozinha, e nesse momento eu como também, é boa a comida da Cida, simples mas gostosa. E voltamos para a biblioteca e eu leio, leio, leio, e ouvimos música, e quando é música instrumental dá para fazer as duas coisas ao mesmo tempo. Depois, de volta ao quarto, escolho com ela alguma roupa para sair, e a visto e a empurro até a penteadeira e coloco-lhe uma maquiagem bem suave, um batonzinho discreto. Na garagem, abro a porta do Opala, posiciono-a no banco do passageiro, protegendo para que a cabeça dela não bata no teto do carro. Damos uma volta pela cidade, de noite, iluminada, linda, e paramos na porta do teatro. Sempre vem alguém para festejar a sua presença, e eu, estátua ao seu lado, às vezes dando um sorrizinho amarelo, até que levo a cadeira em direção à plateia e entrego os ingressos. O recepcionista nos acompanha até os lugares reservados aos cadeirantes e ouço a orquestra afinando, aquele som gostoso, o terceiro sinal toca e o concerto começa e a gente se emociona sempre, com aquela música vigorosa. Depois tudo termina, as pessoas vão saindo da sala, algumas voltam para festejar com Amália e depois empurro a cadeira para o saguão do teatro, na sequência para a rua, o valet sempre com a chave nas mãos me entrega o carro. Faço o trajeto mais rápido até a casa, e em casa levo-a para o quarto, acendo as luzes, preparo-a para deitar, quase sempre ela já está dormindo, cubro-a, apago as luzes, ligo a babá eletrônica e saio do quarto. Vou até a minha mochila, preparo meu baseado, acendo e dou uma tragada, duas, três, sento e fico olhando para o ar, por quanto tempo não sei. Essa é a rotina, esse é o dia a dia.

25

Passamos alguns meses na rotina de leituras, audições e saídas por outros bairros e cidades próximas. Assistimos a várias óperas nos teatros e algumas em sessões de cinema. Aos poucos, fui aprendendo a gostar daquela música e a perceber como era maravilhosa a voz humana. Li, sozinho e com Amália, uma quantidade impressionante de livros. Com eles, embarquei em navios atrás de baleias, cruzei um país em busca de melhores condições de vida, convivi com o poeta Pablo Neruda e seu carteiro, morei na casa do governador de São Tomé e Príncipe e participei de seus amores proibidos. Pesquisei venenos mortais em sapos. Adentrei o sertão de Minas Gerais, participei de duelos, usei capas e espadas, visitei países, pobres, ricos, das maravilhas, frequentei palácios, favelas, o fundo das águas, combati em guerras de todos os tipos. Vivi amores intensos através dos tempos do cólera, passei fome e sede no sertão nordestino, estive preso em prisões europeias, em navios. Achei tesouros em cavernas, roubei alguns, preservei outros. Fui conde, barão, rei, imperador, mas fui também o bobo da corte, mendigo, miserável e tuberculoso. Me matei várias vezes, tomando veneno, picado por serpentes. Subi aos céus, desci aos infernos, mas sobretudo vivi aventuras que carregarei para sempre na minha cabeça, um patrimônio que ninguém me tira.

Com o tempo, fui estreitando minha relação com Amália, encontrando pontos de comunicação que nunca tinha imaginado possíveis. Se engana quem acha que o cuidador só tem que cuidar, sem perceber que o paciente também tem muito a dar de volta. Por muitas vezes recorri aos olhares assertivos de Amália que me empurravam para a solução de algum problema. Toques, abraços, viradas bruscas de rosto ou de corpo indicam sentimentos e vontades. Aos poucos, fomos estabelecendo códigos, estreitando cada vez mais nossa cumplicidade. Apesar da saudade de minha familia, a convivência com Amália me bastava. Me recusava imaginar que tudo aquilo acabaria um dia e eu teria que recomeçar, com outro paciente. Vivia compartilhando prazeres e realizando meu trabalho, com inegável competência. Fizemos coisas incríveis, engraçadas, insólitas e perigosas. Entramos no mar, Amália em meu colo, atavessando ondas, fizemos piqueniques nas matas da serra da Cantareira, andamos a cavalo, visitamos alambiques, com direito a goles de cachaça retirada do barril. Caminhamos, cadeira de rodas a toda velocidade, pelas ruas e praças do Pacaembu. Tomamos chá em casas chiquérrimas, acompanhados de pianos ou quartetos de cordas, comemos churrascos em postos de gasolina de beira de estrada. Tomamos banhos de cachoeira, de rio e de lagoas no interior do estado. Dormimos em hoteizinhos de última hora e em hoteizões maravilhosos, com vista para o mar e piscinas de águas cristalinas. Visitamos museus, de artes, ciências, futebol, língua portuguesa. Frequentamos salões de bailes, assistimos a jogos de tênis, voleibol, basquete e, é claro, de futebol. Voltamos ao porto de Santos só para acenar aos navios que partiam e ouvir seus sonoros e assustadores apitos. Assistimos a peças de teatro, espetáculos de dança e shows musicais, do rock ao sertanejo. Gastávamos, com o maior prazer, toda a mesada que Rita depositava em uma conta que agora era por mim gerenciada. Eramos só nós dois. Cida sempre recolhida em seu quarto quando não estava na arrumação. Os filhos deixaram de visitar a mãe, fazia já uns bons três meses que ninguém dava o ar da graça. A vida era levada apenas por nós dois. Ali eu era pai, irmão, filho, melhor amigo e ela o mesmo pra mim.

Mas tinha uma coisa que não ia bem. Estava há meses sem ter contato com Joyce e, principalmente, com Kelly. Depositava regularmente a maior parte de meu salário na conta delas, estavam cobertas. Mas não vê-las me incomodava. Vontade de transar, por amor, com minha mulher. Vontade de estar ao lado de Kelly, brincando de verdade, ouvindo-a, abraçando-a e beijando-a como minha filha e não apenas reclamando dos seus choros e manhas. Não sabia dividir as coisas. Me afundei até o pescoço naquela casa, na vida de Amália, e não estava arrependido. Apenas comecei a ver que poderia ter dividido tudo o tempo todo. Era isso que Joyce sempre me apontou. O que seria da minha vida quando Amália partisse? Peguei o celular e liguei. Tocou, tocou e a mensagem da caixa postal entrou. Não deixei nenhum recado, ligaria depois. Nas três outras vezes que tentei, ela não atendeu e fiquei ansioso. Joyce retornou a ligação tarde da noite. Me abri, falei da saudade e pedi que viessem, não poderia deixar Amália sozinha. Elas viriam no meio da semana e eu disse que tudo iria dar certo e logo, logo, estaríamos juntos de novo.

A semana começou quente, com um e-mail enviado por Rita, que caiu como uma bomba:

> *Prezado Jefferson:*
> *Meu marido foi contemplado com uma bolsa de estudos para o Canadá e vou acompanhá-lo nesta viagem de pelo menos um ano. Terei de deixar minhas obrigações com a casa e com mamãe. Meus irmãos vão se incumbir das tarefas feitas por mim. Continuarão depositando o dinheiro na conta que você tem acesso e nada mudará. Os dois também são muito atarefados e não poderão se dedicar tanto às coisas da casa, restringindo suas presenças a visitas esporádicas. Portanto, sigo agradecendo o seu empenho para com dona Amália. Logo que estiver estabelecida, mando o número de telefone e e-mail com meu contato.*
> *A rotina continua a mesma. Mais uma vez agradeço e me despeço com um grande abraço.*
> *Rita Sobreira*

Minha relação com os dois irmãos era deteriorada e previ tempos difíceis. Na mesma noite, Maria apareceu, entrou, foi para a biblioteca e me chamou. Diferentemente de todas as outras vezes, mandou-me fazer um relatório dos gastos efetuados com Amália e com a casa. Pediu para eu esvaziar a mesa, que a partir de agora serviria para que ela despachasse. Faria uma relação de todos os bens da família e uma otimização das despesas. Tentei contra-argumentar e fui cortado bruscamente com a ordem de providenciar o que estava sendo pedido. Parecia outra mulher que nunca tinha me visto. Pedi licença e saí, subindo para o meu terraço e, do meu celular, liguei para Rita. Aquela irritante mensagem dizendo que o telefone estava desligado ou fora de área.

Maria ficou na casa até perto da meia-noite, saindo sem se despedir. Quando desci até a biblioteca, vi a mesa revirada, pastas abertas e jogadas no chão. Ela estava procurando coisas. Corri até a caixinha na gaveta do móvel da entrada, onde ficavam os documentos e as chaves do Opala. Não estavam lá.

26

Relâmpagos e trovões diziam que o tempo iria virar pra valer e lá pelas cinco horas da manhã um ruído forte me acordou. Tudo escuro ainda e o barulho da chuva caindo, uma tempestade. A energia havia sido interrompida com os raios. Ouvia, distante, vozes dos guardinhas assustados com o estrondo, com a chuva e com a falta de luz. Esperei mais algum tempo, o sol estava nascendo e aí teria mais condições de avaliar o acontecido. Assim que as primeiras luzes do dia clarearam o ambiente, me levantei e saí do quarto, com muito cuidado para não acordar Amália. Na sala de visitas, encontrei Cida assustada, dizendo que não dava para sair nem para pegar o pão e o leite no portão. Saí no jardim e abri o portãozinho. A árvore que ficava em frente havia caído e seus galhos interditavam a entrada, tanto pelo portão como pela porta da garagem. Tentei olhar por entre os galhos, mas a densidade não permitia que eu visse nada do lado de lá. Gritei pelo guardinha e ele respondeu, dizendo que já tinha ligado para a prefeitura e que viriam assim que possível. Me senti impotente, sem saber o que fazer, olhando para aquela quantidade de galhos que impediam nossa comunicação com o mundo lá fora. Voltei ao quarto a tempo de dar meu bom-dia para Amália. Abri as janelas e junto com a luz entrou uma lufada de ar gelado. Fui para o banheiro, liguei o chuveiro sem me dar conta de que ele era elétrico e de que não teríamos água quente tão cedo. Coloquei-a na cadeira e levei-a para a copa. Cida estava improvisando um café da manhã com as sobras do dia anterior. Liguei para a companhia de luz. O telefone também estava mudo. Consegui falar pelo celular e disseram que fariam o raparo até o meio-dia. Tentei serrar os galhos, mas iria demorar dias naquela tarefa desajeitada. Passamos a manhã inteira sentados na varanda, olhando para os portões e ouvindo os ruídos da rua que nos diziam que o problema era mais sério. A força da árvore ao cair danificou o transformador da rua e assim nos prepararamos para passar todo o dia sem luz, nem velas, nem lampiões nem nenhuma outra fonte de energia. Dei um banho de canequinha em Amália, com água esquentada no fogão. Peguei o livro da vez e passamos o dia em leituras na varanda, ansiosos pela volta da normalidade. O sol estava se pondo e a casa escura. Já não se ouviam os ruídos lá fora. Estávamos abandonados, sem saber o que estava acontecendo. Com um toquinho de vela que me foi atirado da casa ao lado, coloquei Amália para dormir e Cida, que estava com medo de dormir no escuro lá atrás da casa, veio para o quarto de Amália. Subi para dar a minha bola tradicional e dormi por ali mesmo, naquele quarto vazio, preocupado, não sei se com a falta de luz ou se com as mudanças que aconteceriam com a partida de Rita.

Acordei com ruído de motosserra, mas a luz ainda não havia voltado. O dia estava amanhecendo e fui correndo até o portão ver o que se passava. Equipes da prefeitura, da companhia de luz e da de telefone mexiam nos fios, postes e galhos serrados. Em pouco tempo, tudo estaria arrumado. O portão da garagem já permitia o acesso à rua e consegui sair. De longe vi Joyce que chegava para me visitar. Vibrei com a sua presença e quando ela chegou mais perto, abracei-a com força, completando com um beijo carinhoso, que evitaria uma conversa de algumas horas. Amália e Cida ainda dormiam e em silêncio me dirigi para o quartinho dos fundos que foi, por pouquíssimos dias, a nossa casa no Pacaembu. Deitei com Joyce na pequena cama e o amor veio fácil e intenso. Nos desculpamos por sinceridades exageradas e nos amamos profundamente. Acabamos com a chegada da luz e com gritos de Cida, que me procurava pela casa para dizer que dona Amália estava passando mal, pálida e muito quente. Corri para o quarto. Ela estava com os olhos parados, vidrados, pegando fogo, uma febre muito forte e branca como cera. Pensei rápido e certo. Hospital agora. Fui para a entrada e lembrei que as chaves do carro não estariam lá. Peguei o chaveiro reserva na gaveta da escrivaninha. Coloquei Amália no carro e saí disparado para o hospital. Ainda tive tempo de pedir para Joyce providenciar uma mala com roupas que eu viria buscar quando desse. Pelo retrovisor consegui ver as duas, assustadas no portão da casa, vendo o carro sair correndo.

27

Duas horas sentado na recepção do pronto-socorro esperando por alguma informação. Já tinha ido umas dez vezes até a recepcionista perguntar e sempre a mesma resposta padrão: "Assim que tivermos uma notícia ela será dada". Me levanto, ando de um lado para outro, vou lá fora, pego ar. Tento falar com Rita, mas o telefone não atende. Ligo para casa e peço para Cida avisar os filhos, os telefones estão num caderninho na mesa da biblioteca. Ligo para o dr. Garolli, que graças a Deus atende e diz que já está indo para o hospital. Mais aliviado, volto a sentar. Nessa espera, vejo o dia a dia do pronto-socorro, crianças com problemas respiratórios, operários acidentados, fraturas expostas, velhinhos e velhinhas desmaiados em macas, rostos ansiosos e preocupados atrás de informação que os tranquilizem. E olha que estamos na região rica da cidade. Em meio ao devaneio, a moça da recepção me cutuca. O médico quer falar comigo. Me aprumo, entro no corredor e encontro Amália entubada numa maca. O médico, um jovem de trinta e poucos anos, pede algumas informações, que remédios ela toma, que doenças ela tem. Ela teve uma crise por falta de potássio e está recebendo medicação para equilibrar novamente o seu metabolismo. Peço para ficar ao lado de Amália, que se sentirá mais segura quando abrir os olhos e me vir. Consigo um banquinho e sento a seu lado como um cão vigilante preocupado com seu melhor amigo. Pouco depois ela abre os olhos, procurando reconhecer no teto alguma coisa que lhe transmita segurança. Estendo-lhe minha mão, que ela agarra com força. Seu olhar ansioso se fixa ao meu, querendo saber o que teria ocorrido. Explico que ela teve uma crise, mas que agora está tudo sendo controlado e que, se Deus quiser, logo estaremos em casa. Digo isso sem muita convicção, pois intuo um movimento dos filhos para tirar Amália de casa e colocá-la em algum lugar para velhinhos doentes, um depósito de senis. Mas não era hora de pensar naquilo. O dr. Garolli havia chegado e examinava os prontuários, fichas e medicamentos ministrados. Segundo ele, o que tinha que ser feito foi feito. Agora era esperar por uma recuperação que dependia muito dela, o que me tranquilizou, pois sabia que a vontade de viver estava presente naquele corpo frágil e debilitado. Amália ficaria uns dias em observação e, quando recuperada, voltaria para casa.

Não desgrudei dela um minuto sequer, sempre massageando seus pés, para que não inchassem, e fazendo pequenas caminhadas pelo corredor. Parecia que tudo ia bem. O médico fazia visitas matinais, via os prontuários. Fui até a casa, peguei roupas e objetos da higiene pessoal de Amália. Joyce tinha deixado uma maleta. Conferi e era aquilo mesmo. Tinha também um bilhete: "Te espero – beijo – Joyce". Guardei no bolso e parei na biblioteca. Estava uma bagunça. Alguém tinha mexido ali, procurando coisas. Corri no esconderijo e a pasta dos recibos não estava lá. Cida disse que Carlos passara ontem por lá, ficou um tempo na biblioteca e saiu rápido. Aproveitei para pegar uns livros, me despedi e saí pela porta principal. Olhei e estava faltando mais um quadro na parede.

28

Ficamos mais uma semana no hospital. Na volta, Amália se emocionou quando viu sua casa e Cida, que nos esperava com o almoço. Comemos e brindamos o retorno. Eu teria agora a tarefa de inventariar a gatunagem cometida por Carlos. Na biblioteca, coloquei as pastas que haviam sido remexidas de volta a seus lugares. A pasta dos recibos das obras de arte tinha desaparecido mesmo. Liguei mais uma vez para Rita. Ela atendeu! Se desculpou por não ter aparecido no hospital, estava sem tempo e se organizando para viajar dali a três dias. Eu disse que Amália estava recuperada, que ela não se preocupasse. Contei que os irmãos estavam se movimentando para pôr a mãe num asilo, o que seria muito ruim. Ela me tranquilizou, iria conversar com eles pedindo que nada fosse feito sem o seu consentimento. O período de paz estava terminando e por conta disso planejei um último passeio.

O anúncio nas páginas do jornal me provocava e eu pesava as possíveis consequências de uma tentadora irresponsabilidade. Já estávamos em casa há uma semana e, salvo dois telefonemas de Rita, ninguém tinha nos procurado. Criei coragem e fiz a compra via internet. Cida seguraria a onda se acontecesse alguma coisa. Afinal de contas estaríamos de volta na segunda-feira. Preparei mala, uma *nécessaire* com todos os remédios possiveis, documentos meus e de Amália e, sexta-feira no final da tarde, saímos na surdina.

Amália, besuntada até as tampas com filtro solar, deitada na espreguiçadeira, um maiô ousado para a sua idade, lagarteava, absorvendo com prazer o calor do sol. Sorria e aos poucos ia adquirindo a cor da saúde, expulsando de seu corpo as impurezas e a brancura hospitalar. Eu curtia a vista de ilhas e praias, na amurada do navio. Chegaríamos a Búzios ao anoitecer e seríamos brindados pelo capitão com aperitivos e um jantar. Vesti-a bem colorida, sandálias de couro e um chapéu florido que a remoçou alguns anos. Ainda pedi para a camareira de nossa cabine maquiá-la com capricho. Subimos para o restaurante e jantamos lagostas com maionese. Em seguida, fomos para o convés e brindamos, eu com champanhe, Amália com refrigerante. Ganhei um abraço e um beijo estalado que me disseram tudo o que ela estava sentindo. Emocionado, também agradeci tudo o que ela estava fazendo por mim. E assim, já alto pelo efeito do champanhe, fomos para nossa cabine dormir.

No dia seguinte, baixados por um escaler do navio, chegamos à praia, ou melhor, a um enorme quiosque onde garçons serviam aperitivos e coisinhas para comer. Entramos naquela água deliciosa, transparente, e lá ficamos por um bom tempo, curtindo o mar e o dia ensolarado. A tarde foi dedicada ao sono e só acordamos para ver a partida do navio na volta a Santos. Do quiosque na praia, nos acenavam desejando boa viagem e eu retribuí os acenos. Passamos grande parte da noite na amurada do transatlântico vendo a lua e as luzes vindas de terra. Aportamos de volta em Santos com o dia querendo amanhecer. Transferimos bagagem para o velho Opala e às sete da manhã estávamos subindo a serra. No som do carro, Zeca Pagodinho se juntava aos nossos sorrisos de felicidade pelo final de semana maravilhoso.

Deixa a vida me levar, vida leva eu...

Às oito e meia, devidamente apagadas todas as evidências de que teria havido uma viagem naquele final de semana, tomávamos o café da manhã na copa e, como crianças felizes pela traquinagem bem-sucedida, nos divertíamos comentando a coragem e a ousadia. Ninguém passou pela casa ou sequer telefonou. Definitivamente apenas nós três fazíamos parte daquela família.

A semana passou rápida com a rotina retomada. Mais livros devorados, alguns concertos e passeios pelo bairro. Num deles, uma vira-lata nos seguiu o tempo todo. Parei a cadeira e esperei que a cachorrinha saltasse em Amália, festejando aquele encontro com o rabo abanando. Voltamos para casa, a vira-lata nos seguindo. No portão, Cida também se derreteu, festejando com o bichinho. Depois de ouvir que ela cuidaria da cadelinha, alimentando-a e levando-a para passear todos os dias, topei que ela entrasse para a família.

Agora, incorporada à rotina, mais uma atividade diária. Amália passava a manhã na varanda, vendo Pipoca, assim batizada por Cida, brincar no quintal e compartilhar seu colo. Ela trouxe vida àquela casa. Fiel como todos os cães, passava o dia conosco, brincando e latindo, além de tornar-se companheira de nossos passeios pelo bairro. Cida, que até então era tímida e recatada, passou a compartilhar o nosso dia a dia. Participava das brincadeiras com Pipoca, almoçava na copa conosco e às noites aparecia na biblioteca para ouvir música ou as narrativas dos livros que eu lia em voz alta. Éramos felizes assim e os dias se passavam sem que nada abalasse aquela casa.

Até que numa noite Amália começou a tossir muito forte e ficou pálida, olhos arregalados e parados de novo. Rapidamente me vesti, para levá-la ao hospital. Corri para a garagem, abri as portas e o portão, dei a partida e... nada. De novo e... nada. O carro estava pifado. Fui ao caderninho de endereços, letra T, táxi. Em cinco minutos ele chegou e tocou para o hospital. Amália queimava de febre.

Toda a angústia de novo. Sala de espera, nenhuma notícia. Liguei para o dr. Garolli e dessa vez ele não atendeu. Celular desligado ou fora da área de serviço. Restava confiar no médico de plantão. Eu tinha informações importantes para dar, mas os caras simplesmente desprezam um enfermeiro. Amanheceu e nada. Mudaram o plantão e a menina que nos atendeu na crise anterior assumiu o posto. Gentilmente fui até ela e expliquei tudo de novo. A moça pediu que eu esperasse e logo voltou, mandando-me entrar. Amália estava entubada e havia também um médico, que me pediu as informações. Ele anotou cuidadosamente, saiu da sala e voltou com o prontuário. Agora se tratava de uma disfunção respiratória importante. Era preciso aguardar os resultados de alguns exames para iniciar os procedimentos. E eu não precisava ser médico para saber que Amália descia alguns patamares na sua enfermidade e que íamos precisar de muita, muita sorte para que ela se reestabelecesse.

De novo, cão fiel a seu dono, sentei no banquinho junto à maca implorando que ela reajisse. Rezei baixinho só para mim e para algum ser superior que me escutasse.

29

Amália piorou muito. A febre não cedeu e a infecção respiratória a levou para a UTI. Cargas e mais cargas de antibióticos. Maria e Carlos estiveram no hospital, mal falaram comigo e ainda me fizeram cara de que a culpa daquilo tudo era minha. O médico explicou para eles: "Só precisamos acertar no antibiótico que destrua o bichinho que a está atacando. Cedendo a infecção, ela vai melhorar".

Aproveitei os dias de UTI para pegar roupas e dormir um pouco. Caminhei a pé, do hospital até a casa, pensando no que poderia acontecer. Estava tudo indo às mil maravilhas e de repente começou a desmoronar. Primeiro a viagem de Rita. Depois a súbita doença, que derrubou Amália em tão pouco tempo e que vai exigir cuidados maiores... Isso se eu continuar com ela. Estamos agora sob nova direção. Dois irmãos que só se preocupam com a grana da mãe, querendo que ela parta logo para uma melhor. Não sei o que eles vão resolver, mas meu futuro está nebuloso e na mão de um pedante que nem sabe da minha existência e de uma tarada que me come e me usa, como se eu fosse um lenço de papel. Com a vinda de Amália para o hospital, fiquei sem aproximação com Joyce, tudo suspenso. Inclusive minha atividade sexual. E eu, morrendo de vontade. Entrando no bairro, vi o exército de empregadinhas domésticas que seguiam no chac chac da lavagem das calçadas e me detive naqueles corpos agitados e rebolantes no movimento de vaivém das vassouras. Foi o suficiente pra me empolgar com aquela mulherada e me esquecer de Amália, seus filhos, a UTI, minha mulher, minha filha e o escambau. Ao entrar na casa, dei de cara com Cida, que me olhava sorrindo. Aproximei-me perguntando se ainda tinha café no bule. Na copa encostei-me por trás dela, dizendo da saudade que sentira. Pronto. Ali mesmo nos despimos e na mesa começou nossa transa. Ela também estava querendo. Fiz um psiu com a mão e tomamos juntos o café, já frio nas xícaras.

Depois Cida contou as novidades. Logo que fomos para o hospital, ela havia entrado em contato com os filhos para avisá-los. Primeiro veio Carlos, que entrou e deu uma geral na biblioteca, atrás de outros documentos. De novo jogou pastas no chão, deixou gavetas abertas e saiu com uns quadros na mão, sem se despedir. Dois dias depois foi a vez de Maria, que veio com um cara, colocou música a todo volume e atacou o armário das bebidas, fazendo uma festinha na casa. Só na hora de sair é que perguntou de dona Amália, em que hospital estava.

Aquela conversa me irritou. O sonho estava acabando. Caminhei para a bilioteca e senti um clima ruim lá dentro. Liguei o computador e entrei na caixa de e-mails. Um de Rita. Abri e li:

Prezado Jefferson,
Depois de um tempo tentando me entender e me instalar na nova vida, retomo o contato, primeiro para saber de mamãe, pois meus irmãos não respondem meus chamados. Aqui vão meus novos telefones e e-mail:
(1514) 33882808095
rsobreira@vancouverplann.com
Espero que esteja se entendendo com Carlos e Maria. Vou voltar ao Brasil para terminar de resolver problemas pessoais, além de poder ver mamãe e conversar com meus irmãos sobre como administrarmos a vida dela. Sei o quanto você tem se empenhado pela qualidade de vida dela e sou muito grata por isso. Qualquer problema, escreva. Na minha estada em São Paulo, tudo será resolvido. Um grande abraço – Rita.

Respondi ao e-mail contando o ocorrido com sua mãe e falei que não se preocupasse, com o antibiótico certo Amália voltaria a ficar bem. Em menos de dois minutos o telefone tocou. Era ela, querendo saber detalhes. Expliquei minuciosamente: a UTI, a crise respiratória e a infecção. Que ela estava medicada e assistida pelos médicos do hospital. Rita me tranquilizou ao falar que o motivo de sua vinda ao Brasil é uma reunião com a interventora que cuida do dinheiro da família. Novas diretrizes e tudo seria colocado às claras. Aliviado, andei pela casa, olhando os quadros. Senti a falta de dois, que ficavam ao lado do quadro grande de Amália. Percebi como a casa estava se deteriorando nesse tempo. Paredes com manchas de umidade, tacos levantados, portas e janelas sujas de mãos que as abriram e fecharam durante anos e os jardins, que com poucos dias de descuido e com a ajuda de Pipoca, viraram novamente um campo de guerra. Coloquei uma bermuda e meti a mão na massa. Recolhi os cocôs espalhados, removi galhos e folhagens caídos, replantei mudas e limpei a terra espalhada para fora dos canteiros. A ideia era manter a casa limpa e conservada até Amália voltar, marcar terreno ali, como cão fiel. Fiz uma lista das providências e do material necessário e programei os próximos passos de uma nova reforma.

Virei jardineiro, pintor, marceneiro, encanador, eletricista, trabalhando duro e pesado. Aos poucos o que estava abandonado voltava à vida, cheirando a novo.

Às noites, ia para o hospital ver Amália e por lá ficava, vigilante e solidário. Com o passar dos dias, me enturmei com os colegas enfermeiros e já entrava e saía da UTI sem problemas de identificação. A situação de Amália ainda era crítica, a infecção não cedera e novos antibióticos estavam sendo testados, abalando a sua frágil saúde. No dia seguinte viria o resultado de um antibiograma feito para testar a eficácia dos remédios e descobrir qual seria o correto para Amália.

Entrei na UTI no momento em que ela acordava, assustada, olhando para o teto. Cruzou seu olhar com o meu. "Me tira daqui, me tira daqui." Pedi que tivesse calma, logo estaríamos em casa. Uma crise de tosse nos trouxe de volta à realidade. Ela não estava bem, corria riscos sérios. O médico ordenou que lhe aplicassem uma injeção. Ela voltou a dormir.

Mais uma noite ali, angustiado, com a esperança de que o antibiótico acabasse de vez com aquela tortura. E a manhã chegou com a entrada de mais enfermeiros e médicos na UTI. Uma nova injeção seria aplicada em Amália.

À tarde, o dr. Garolli, olhar otimista, foi logo falando que o antibiótico já estava fazendo efeito, uma bomba antibactérias de última geração, caríssima. Pensei na casa com o firme propósito de dar um gás na reforma, para que ela a encontrasse limpa e em ordem. Desci a pé novamente, dessa vez mais calmo, até curtindo as ruas, as casas, o bairro. Uma ponta na carteira, acendi e fumei. A vida ia ficar boa de novo. Cida, no jardim, regava as plantas e sorriu ao me ver. Sem precisar perguntar, ela percebeu que Amália havia melhorado e, por ali mesmo, no sofá da varanda, nos deitamos, nos esfregamos e nos comemos, sem pudores.

A reforma estava deixando a casa linda e eu orgulhoso em saber que estava fazendo tudo aquilo com as minhas próprias mãos. Cida também me ajudou muito, uma verdadeira assistente, lavando pincéis, segurando escada e limpando as sujeiras.

No hospital percebia a melhora de Amália. Sua pele corando novamente, os olhos readquirindo brilho e, mais importante, ela se alimentando e ganhando peso.

Um dia, voltando do hospital ainda de manhãzinha, vi um táxi parado na porta da casa. Rita chegava do Canadá para a tal reunião com a interventora.

30

Enquanto tomávamos o café da manhã na sala de jantar, forneci um rápido panorama da situação de Amália. Em seguida, fomos até o hospital e me servi das amizades para fazer Rita entrar na UTI e ver a mãe. Os tubos haviam sido retirados naquela noite, o que dava um aspecto mais normal a Amália. A falta de comunicação que existia entre as duas era evidente. Ficaram naquela cena teatral, que não durou muito tempo.

Voltamos para a casa a tempo de almoçar. Rita falou rapidamente da reunião que iria acontecer à tarde. Nada seria retirado daquela casa sem o consentimento unânime dos irmãos. A interventora traria boas notícias quanto à liberação de parte dos recursos da Amália, bloqueados no exterior. Assim, os quadros e objetos seriam preservados.

Primeiro chegou Maria, com a empáfia de sempre, mal nos olhando. Beijou protocolarmente a irmã e se sentou no sofazinho da biblioteca. Rita tentou puxar conversa e as respostas eram pedras de gelo. O silêncio pesava no ar. A campainha da casa tocou. A interventora. Mulher com seus cinquentinha, elegante, pasta de couro às mãos, *tailleur* escuro, bem executiva mesmo. Entrou na sala, cumprimentos de praxe, se sentou na escrivaninha e abriu o computador. Nesse momento chegou Carlos, totalmente diferente do cara que eu havia visto outras vezes. Elegante, terno e gravata, e de uma simpatia absurdamente inesperada. Inclusive comigo, que até então só tinha levado patadas de desdém e indiferença. Assim começava a reunião. Pedimos licença e nos retiramos. No corredor, como cena de televisão, colamos nossos ouvidos na porta para ouvir com nitidez a voz da interventora, que começou a fazer um balanço da situação financeira de Amália. Ela tinha muito dinheiro guardado no exterior, fruto de contratos com gravadoras, teatros e redes de televisão. Grana que daria para sustentar mais de três gerações daquela família com tranquilidade. Havia cheques pré-assinados por Amália que permitiriam, de uma maneira oficiosa, a vinda para o Brasil, aos poucos, de parte do dinheiro, ajudando nas despesas com a casa, com a sua saúde e a sua tranquilidade. Maria protestou. A grana era deles também, existiam soluções mais baratas para manter a mãe. Carlos concordou com Maria. Tecnocrata, falava com números e demonstrava que poderiam ser muito mais econômicos se terceirizassem os cuidados com Amália. Rita ressaltou a importância da casa como referência para Amália. A crise que a levou ao hospital foi um fato que seria superado, sem dúvidas. Me elogiou bastante, um profissional que conhece bem o trato com doentes, que mudou os espaços, os jardins e o quintal e tirou Amália da cama, levando-a de volta para a vida intensa que tinha. Maria dava uma de maluca, deixando nas entrelinhas que já estava na hora de a mãe empacotar, que agora era a vez de eles usufruírem daqueles bens. Amália deveria ir para uma casa de repouso e esperar sua hora chegar. Carlos apresentou números que otimizariam a operação, juro que ouvi essa palavra, existiam várias instituições que faziam tudo aquilo. Estava pesquisando esses lugares para achar o que tivesse maior custo-benefício – ouvi essa também. No final da reunião, uma ameaça: Amália teria mais uma chance quando voltasse do hospital. Mais uma crise e seria internada numa casa de repouso. Fiquei preocupado. Qualquer resfriado e a casa iria cair. A interventora fez um resumo do que havia sido discutido e acordado naquela reunião. Rita, esperta, pediu para anexar àquela ata uma relação dos bens pessoais de Amália que estavam na casa, assegurando que nada seria retirado de lá. Estabeleceram um pequeno percentual das remessas que seria dado igualitariamente para os filhos, assegurando uma melhora em suas situações financeiras. E assim estava encerrada a reunião.

Antes de me despedir de Rita, reiterei minhas preocupações quanto ao futuro de Amália, de ela ser jogada como lixo num depósito de velhinhos. Ela disse que fez o que pôde, mas a pressão era muito forte. Despedimo-nos, eu ia voltar para o hospital. A cabeça não me dava sossego, maquinando, pensando na ideia de que não haveria mais UTI para Amália. A casa do Pacaembu seria seu hospital e seu médico, eu, dr. Jefferson!

Fui interrompido em meus pensamentos pela buzina, seguida de uma voz perguntando se eu queria carona. Pra variar era Maria e aquele olhar intimidativo. Entrei no carro sem pensar e deixei que ela me conduzisse, pra onde não sei. Entramos num motel e no apartamento, o sangue me subiu à cabeça, vontade de vingança. Ela deitou na cama e se assustou quando eu rasguei a sua roupa, dando um tapão na sua cara, mandando-a calar a boca. E comecei a barbarizar. Forcei meu vergalhão em todos os seus buracos, provocando gemidos, gritos de dor, medo e prazer. Zoei com aquela mulher a ponto de me sentir um calhorda. Meti a mão na cara dela e me vinguei das sacanagens que ela fazia com a mãe. A bunda da vaca ficou vermelha e lanhada de tanto tapa que eu dei. Tapa forte. Xinguei dos piores nomes e pra terminar desaguei minha porra em sua cara, vontade de humilhar. Ofegante, deitei ao lado, olhando o chão. Sua mão passou pelo meu corpo. Ela tinha gostado! Me abraçou, chegou sua boca pertinho do meu ouvido e disse: "Adorei, vou querer mais" e completou com uma lambida na minha orelha.

Enquanto ela, gemendo de dor, tomava banho, me vesti, deixando claro que aquela sacanagem terminaria por ali mesmo. Ela colocou um resto de roupa rasgada no corpo e se aproximou, querendo me abraçar. O indiferente agora era eu. Me afastei, ignorando-a. Saímos do motel em silêncio, ouvindo o ruído do carro. Ela tentou falar e eu fiz um psiu com o indicador na boca, interrompendo. O carro parou no sinal do larguinho do supermercado, desci sem olhar pra trás. Segui em direção a casa para um banho e outra roupa, antes de voltar para o hospital.

31

Consegui ver Amália ainda acordada. O antibiótico fazia efeito. No prontuário colocado ao pé da cama vi a medicação e a dosagem prescritas e anotei num caderninho. Com o passar dos dias, me informei com os colegas sobre os procedimentos do antibiograma, quem fazia e a partir do quê. Fui apresentado a Damaris, a biomédica responsável pelos exames solicitados, que me deu informações. Ela mostrou máquinas, microscópios, líquidos reagentes e o mundo inatingível dos laboratórios de análises. Com ajuda dos enfermeiros, criei um relatório completo da trajetória de Amália na UTI e guardei para futuras crises. Verifiquei oxigênio, aparelhos de monitoramento, soros, comprimidos e tudo mais que compunha aquela célula de UTI, e registrei no caderninho para reproduzi-la em casa quando fosse necessário. Me enturmei com todo o pessoal do hospital e muitos já me confundiam com um funcionário. Descobri um crachá perdido no cesto de roupas da lavanderia e guardei-o, claro. Meu filme de espionagem, mistério e ação ia sendo construído, com o intuito de garantir a Amália um final de vida em sua casa, livre dos sanatórios.

Ela deixou a UTI e foi para um quarto. Agora eu ficava mais no hospital a seu lado. Lia para ela todo o tempo, interrompendo apenas para passeios pelo corredor ou no jardim interno, em dias de sol e calor. Às vezes ia até a casa verificar se as coisas estavam em ordem para sua volta. Cida mandou bem na manutenção. Seguia transando com ela, transas rápidas porém gostosas e descompromissadas, que nos deixavam felizes. De vez em quando pensava em Joyce e Kelly, que haviam parado de me procurar, sabiam que nossa vida familiar estaria em segundo plano enquanto perdurasse a situação com Amália. Melhor assim.

Finalmente chegou o dia do retorno tão esperado. Amália não demonstrou contentamento. Os olhos só brilharam um pouquinho quando viu Pipoca abanando o rabo e latindo. Só isso. Dr. Garolli viria no dia seguinte, bem cedo, para uma avaliação e recomendações.

Clinicamente, ela estava ótima. A infecção havia sumido e as funções vitais normalizadas. Mas ela estava deprimida e era exatamente ali que morava o perigo. A depressão era uma porta aberta para somatizações, e pequenos resfriados, tosses ou engasgos poderiam se transformar novamente em crises mais complicadas. Contei para o médico a decisão tomada pelos filhos e falei que ia preparar uma UTI caseira. Solidário, se colocou à disposição para ajudar. Mas deixou claro que a coisa não era tão simples assim: crises têm intensidades e, dependendo, nem a UTI profissional seria eficaz. Recomendou cuidado com a alimentação, nas profilaxias, na higiene da casa e com ventos, ares viciados, sujeiras e poeiras.

E assim começamos nova vida. Álcool em gel espalhado por todos os lugares da casa. Rotinas de limpeza pesada duas vezes por semana e redobrada no quarto de Amália, que durante a manhã ficava com as janelas abertas tomando ar fresco para expulsar as bactérias e à tarde e à noite, com aquecedores que garantiam temperatura adequada. As leituras agora eram feitas no quarto ou na varanda e iniciamos um projeto de limpeza na biblioteca que previa a retirada de todos os livros das estantes e desinfecção de um por um, com removedores e panos umedecidos. O campo de guerra que vi quando cheguei dois anos atrás havia se transformado num lugar totalmente asséptico, livre de germes e bactérias. Tudo para prolongar a estada de Amália naquele lugar tão querido. Viramos uns chatos com os cuidados. Dava broncas em Cida por causa de pedaços maiores de comida que escapavam das facas do liquidificador. Ela rebatia com outras, quando eu entrava na casa sem limpar os pés. Pipoca ficava só no quintal e quando vinha brincar com Amália passava por uma limpeza severa. Grande parte do dia Amália usava uma máscara, inalando produtos que melhoravam a sua respiração. Tocar nela exigia cuidado redobrado. Ela olhava tudo aquilo entre divertida e preocupada, sabia que era em função de sua saúde.

Um dia, Maria apareceu, óculos escuros maiores que a sua cara. Com um sorriso de estou a fim outra vez, foi entrando sem querer passar pela limpeza e um simples aperto de meus dedos em seu braço fez com que ela mudasse de ideia rapidinho. Como esperado, não foi ver a mãe no quarto e ficou dando um tempo na biblioteca, enquanto Cida e eu continuávamos na limpeza dos livros e das estantes. Ela percebeu que não iria rolar nada, se levantou e saiu, sem se despedir. Eu quieto, como um gato de porcelana.

À noite, falei sério com Amália sobre a última chance que estávamos tendo. Estaria com ela o tempo todo e não ia permitir que ninguém lhe fizesse mal. Mais uma vez pedi que ela reagisse à depressão. Você tem ainda muita lenha pra queimar, minha querida. Assim como tem gente querendo que você se acabe, tem gente querendo que você viva. Decepcionado, notei que ela dormiu e fui para a biblioteca.

Os dias foram se passando com a depressão instalada. Programava saídas para concertos ou espetáculos, mas na hora agá mudava os planos, com medo de ventos fortes ou súbitas mudanças de clima que nos pegassem de surpresa. Desde o sumiço dos documentos do carro, saíamos de táxi. Isso dificultava nossa mobilidade. O Opala definhava e se deprimia junto com Amália. Na garagem o vi sujinho, empoeirado. Demorei uns quinze minutos fazendo ginásticas para que o motor pegasse. Pipoca também adoeceu e um dia, bem cedinho, escutei um gemido tétrico e denunciador. Com medo, fui até a cerquinha do quintal e a chamei. Nada. Chamei de novo, mais alto. Nada. Gritei, Cida veio e juntos criamos coragem para ir até a casinha e constatar o que já sabiamos. Mortinha. Enterramos ela ali mesmo e o dia seguiu, pesado e silencioso. A sorte estava desandando e o pior estava por acontecer. Era uma questão de tempo. Amália já não se alimentava como devia, sua pele caminhava de novo para um cinza assustador. Os olhos opacos, sem brilho. Ela descia mais alguns degraus naquela doença ingrata. De madrugada, enquanto fumava no terraço, olhei para o céu. Juntei as mãos e rezei por mim e por ela.

32

Ando desorientado, ansioso e com medo. Medo de que Amália seja internada de novo. Vou ao hospital e peço para um enfermeiro amigo o antibiótico que foi ministrado na última crise, além de seringas e agulhas. Ele gentilmente surrupia do almoxarifado uma boa quantidade do remédio, me passando discretamente. Me dá ainda o relatório da internação de Amália, que mostra a curva nas dosagens administradas. Estou me preparando para o que der e vier se a crise voltar. Me abasteço também de soro, tirado do hospital, além de suprimentos e acessórios. Encomendo um tubo de oxigênio, que deixo preparado no quarto para emergência. Remédios controladores de pressão e calmantes completam minha UTI particular. Porém a sensação de medo persiste. Para relaxar caminho, enquanto a tempestade não chega, olho a cidade, sua vida agitada, pessoas que andam rapidamente, olhos inquietos, carros agressivos que se enfiam em buracos, ganhando alguns centímetros em engarrafamentos monstruosos, multidões paradas em sinais de trânsito, olhando ansiosas para suas luzes. E assim vai vivendo essa cidade alucinada, crescendo dia a dia, com histórias particulares que se perdem em sua grandeza. Hoje estiquei mais um pouco e caminhei pela avenida Pacaembu, até passar o túnel da São João, e entrei à direita, seguindo pela Barra Funda. Numa esquina, um grupo de artistas agitando bandeiras, batendo tambores, tocando sanfonas, cantando e dançando. Curioso, me aproximo e no meio daquele fuzuê vejo uma pequena porta onde se lê "Centro de Convivência da Barra Funda". Uma mulher, com seus trinta e poucos anos, conduz aquela festa. Ela percebe meu interesse naquilo, principalmente na placa. Me explica que o centro é um lugar criado e cuidado pelo bairro, onde existem atividades culturais, de lazer e de saúde para as pessoas da comunidade. Me apresento, digo que me interessei muito, se eu poderia saber mais das coisas que faziam. Ela me dá um cartão, me convida para voltar. Perguntou se eu era dali e eu respondi que trabalhava no Pacaembu. Me despedi, voltei acelerado para casa, estava quase na hora de Amália acordar. Aquilo não me saía da cabeça, centro de convivência.

Profilaxias de praxe e dei o almoço para Amália, que não comeu quase nada. Voltou a dormir e saí novamente para o tal centro de convivência. A festa na rua tinha acabado e agora, lá dentro, algumas pessoas contavam histórias para crianças, outras desenvolviam trabalhos manuais com donas de casa e outras ainda exercitavam idosos, fazendo massagens e alongamentos. Era um lugar agradável onde se trabalhava sério. Descobri que a própria comunidade contribuía, com o dinheiro que podia, para pagar a responsável pelo centro, além de outros professores. Uma grana curta, mas justa. Muitos eram voluntários que estavam lá em troca do aprendizado de uma nova atividade, que um dia poderia se transformar em profissão. Me coloquei à disposição para trabalhar com os velhinhos, nas massagens e alongamentos, e dei um show, pois conheço bem esse trabalho. Disse que queria continuar frequentando aquele lugar. A diretora respondeu que eu precisaria ser do bairro e perguntou por que eu não criava um no meu. Aquilo ficou martelando na minha cabeça enquanto voltava para a casa. Fiquei pensando a qual bairro eu pertencia e o Jardim Ângela voltou à minha cabeça, aquele mar de barracos colados uns nos outros, as praças e campinhos de futebol engolidos por outras casas também, aquela imensidão de gente necessitada de alguma coisa parecida com esse centro que eu acabara de ver.

O som da babá eletrônica interrompeu meus pensamentos. Corri para o quarto, queria encontrar olhos mais brilhantes, braços e pernas mais ágeis, mas não. Ela continuava na mesma, fraca, sem vontade, engolida pela depressão. Consegui enfiar duas ou três colheradas de sopa em sua boca e só. Minha paciente estava perdendo a luta contra a vida. Inconformado, li um pouco para ela, o sono chegou novamente.

Até que um dia o inevitável aconteceu. Estava na varanda e ouvi o ruído de tosse. Cida, também atenta, confirmou a minha preocupação. Corri para o quarto, peguei o termômetro, aparelho de pressão e estetoscópio, na esperança de que aquela tosse fosse apenas uma brincadeira de Amália e de que agora ela estaria sorrindo com cara de quem tinha nos enganado. Ela tossiu de novo, e bastou encostar o estetoscópio em suas costas para ouvir um chiado forte, as bactérias querendo acordar. Febre ainda não tão alta, pressão e batimentos cardíacos dentro do normal me fizeram esperar mais um pouco para tomar uma decisão. Liguei para o dr. Garolli: daremos um antibiótico comum para esperar esta noite. Pela manhã ele passaria para uma avaliação. Separei comprimidos que daria de seis em seis horas. O primeiro ela engoliu com dificuldade. Aquela noite seria longa e preocupante. Cida, solidária, dividiu a pequena cama comigo e, com Amália deitada e bem coberta, começou a vigília. Ela dormiu bem, sono interrompido apenas nos momentos em que lhe demos a medicação. Os chiados diminuíram e o coração e a pressão continuavam estáveis. Ficamos atentos, um olhando para o outro esperando uma tosse que não voltou nenhuma vez durante a noite. De manhã, mais um comprimido e o dr. Garolli chegou. Examinou detidamente a respiração, batimentos e pressão, bateu com o nó do dedo em suas costas, procurando secreções. Depois de algum tempo sentenciou que ela estava bem, aparentemente sem nada que pudesse causar maiores preocupações. Recomendou uma inalação com remédio simples, que lhe daria um conforto. Mas a tensão continuava parada no ar. Uma corda invisível esticada, que previa a volta daquela tosse ameaçadora. Passamos mais alguns dias, Amália resistindo e nós atentos a qualquer ruído. Foi no sábado à noite. A tosse voltou e, junto com ela, o frio intenso que caiu sobre a cidade, causando preocupação. Liguei para o dr. Garolli, caixa postal, "deixe seu recado que eu volto a ligar". O dr. Jefferson ia entrar em cena, o mais rápido possível. Comecei com uma inalação, que diminuiu a tosse. Em seguida, mais do antibiótico que havia sido ministrado anteriormente, seguido de muita reza, para que ela melhorasse. O pulmão de Amália parecia um ninho de gatos que gritavam sem parar. Com um pequeno frasco e uma espátula de madeira, consegui retirar secreção e colocar no recipiente. Colhi sangue e guardei num tubinho. Liguei para o meu amigo enfermeiro do hospital. Ele atendeu, voz pastosa e fundo musical que me fez deduzir que estava de folga, bêbado e sem condições de articular qualquer coisa. Falei que na segunda-feira, cedinho, estaria no hospital e precisaria fazer um antibiograma. O antibiótico fez efeito, a tosse diminuiu e, com novas inalações e um pouco de oxigênio, ela acalmou e voltou a dormir. Eu suava em bicas, tomando decisões que nunca havia tomado antes, mas continuava assertivo, sem medo de fazer as coisas. E conseguimos levar o final de semana até o fim, com Amália lutando contra o exército de gatos em seu peito.

A segunda-feira amanheceu comigo no hospital. Damaris já tinha sido avisada do trabalho secreto que faria, no laboratório de análises. Sempre sorridente e solícita, checou os frascos e disse que logo teríamos um resultado. Voltei correndo para a casa e Cida, aliviada com minha chegada, disse que a tosse tinha voltado mais intensa. Inalação e mais antibiótico e rezas para que a crise diminuísse. E diminuiu, nosso santo é forte. E assim levamos toda a manhã até que o telefone tocou. Damaris já tinha uma resposta. Estava mandando o resultado pela internet e eu fiquei bem feliz por isso, já indo para o computador. Enquanto o aparelho ligava, telefonei para o dr. Garolli, que desta vez atendeu. Contei tudo e disse que o resultado de um antibiograma estava chegando naquele momento. O e-mail de Damaris explodiu na tela e devagar fui lendo para ele o seu conteúdo. Pediu um tempinho e voltou com a notícia que eu queria ouvir: para combater aquela infecção o antibiótico que ela havia tomado no hospital era o indicado. Que sorte! Eu tinha uma gaveta repleta de ampolas daquele negócio. Peguei seringa e agulha e apliquei aquele líquido salvador. Aleluia, aleluia.

33

Nas gavetas do pequeno armário, uma série de ampolas prontas para serem injetadas. O tubo de oxigênio, escorado pelo criado-mudo, estava colocado atrás da cama. O quarto de Amália tinha virado uma UTI. Surrupiado de uma ambulância em manutencão na garagem do hospital, um aparelho portátil, ligado à bateria do Opalão, monitorava pressão, batimentos e temperatura. Foram alguns dias de agonia, fazendo de tudo para a infecção ceder. A tosse diminuiu pela ação do antibiótico. A cor voltando, graças à ação do soro e da alimentação que eu diariamente lhe enfiava goela abaixo. Exultava por minha subversão. Realizar em casa um tratamento que deveria ser feito em UTI. Enganei as duas filhas de Amália quando minimizei a crise. Para Rita e Maria, transformei-a numa ligeira tosse acompanhada de uma febre sutil. Quanto a Carlos, nada. Nem ligou, nem passou, nem escreveu. Cada um a seu jeito, estavam cagando e andando para a mãe. Procurando uma explicação para tanto descaso, lembrei de todas as fotos que vi naquela casa. Em nenhuma os filhos apareciam junto da mãe.

Quinze dias depois da crise, Amália estava curada. Para comemorar, saímos do quarto para um passeio na varanda, nas salas de visita e de jantar, e na copa, onde tomamos café com leite e biscoitos. Havia medo em tudo o que fazíamos. Tomar-lhe a temperatura, verificar ventos encanados, auscultar-lhe o pulmão viraram uma obsessão. Cida, por outro lado, pesquisava constantemente caldos, músculos e miolos que lhe trouxessem de volta a energia perdida.

No décimo sexto dia, veio o dr. Garolli. Ficou algumas horas examinando a nossa paciente. No final, sentenciou que ela estava ótima, sem nenhum resquício de infecção. Aliviado, agradeci sua presença e ele, cúmplice, me cumprimentou com uma piscadinha: "Parabéns, doutor".

Voltei a ler para nós, às manhãs e à tarde, ininterruptamente. As saídas da casa diminuíram muito. Apenas para fazer compras ou alguma eventualidade na farmácia ali perto. Ressussitei o Opala, com o intuito de ir ao supermercado. E também para deixá-lo pronto para emergências que eu não gostaria que acontecessem.

Um dia, voltando do supermercado, parei no Centro de Convivência. A diretora não estava lá. No salão, apenas uma menina e dois velhinhos que liam jornal. Ela se aproximou, simpática, perguntando se podia ajudar. Respondi que estava voltando para ter maiores informações. Foi um projeto que levou um ano para se concretizar. Através de visitas casa a casa no bairro, arrecadaram dinheiro para a realização. A maioria dos moradores apoiou a ideia, com contribuições. Lojistas também, com algumas doações. A coordenadora foi aos órgãos do governo, pediu verbas, livros, materiais e o centro foi ganhando vida. Lá, eles têm grupo de teatro e dança, atividades de leitura, jogos, projeção de filmes e contação de histórias para os pequenos. Ginástica, alongamento e cuidados com a saúde para os velhinhos, além de inúmeros espetáculos para o bairro, que vão desde teatro de rua até festas comemorativas.

Dobrei a esquina e já vi Cida na calçada, preocupada. Embiquei o carro no portão e ela correu para dizer que Amália havia acordado. O tempo estava horrível, enfarruscado e cinza. Fazia frio e isso me preocupava. A porta estava de novo aberta para uma nova infecção, mas Amália segurava firme nos poucos fios que restavam unindo-a à vida. Esforçava-se muito para ouvir a leitura, para se movimentar nos exercícios feitos diariamente. A UTI caseira continuava equipada e o contato com Damaris, do laboratório de análises, também. Cida sempre grudada em livros procurando novas receitas fortificantes. Seguimos caminhando ameaçados pela sombra de uma nova crise.

Bateu de novo uma saudade de Joyce e Kelly. Liguei, mas desliguei em seguida, sem saber o que dizer. Armei uma situação que não me permitia sair dali. “Com quem Amália vai ficar? Já tenho pena de Cida, que não sai desta casa há um bom tempo. Estamos aqui, envolvidos e prisioneiros.” Até quando? Valerá a pena ou é uma situação irreversível? Tenho um pacto com Amália, vou até o fim, custe o que custar. Tirá-la da casa será um atalho para a morte rápida e triste. Todas as noites, como um maluco que fala sozinho, peço que ela lute, resista às crises e infecções e sei que ela ouve, assimila. Os olhos ainda brilham, mostram vontade de viver. E tome-lhe caldos revigorantes, massagens e exercícios diários, leituras e audições, um alento para sua jornada.

Foi na sessão de massagem que eu descobri a nova porta se abrindo. Virando-a de costas, vi as escaras, umas feridinhas que se formaram pelo tempo que ela ficou deitada na cama. Uma praga que se não cuidar alastra. Existem umas almofadas adesivas que aliviam as dores e coceiras e atenuam o crescimento das feridas. O almoxarifado do hospital tem o material e meu colega vai trazê-lo à noite. Procuro deitar Amália de bruços, sei que a nova posição alivia e para isso armei uma arataca com fios e arames que mantém as cobertas afastadas de seu corpo. Ela não aguenta ficar muito tempo daquele jeito e por isso incorporo mais uma atividade nos cuidados com Amália: mudar sua posição de uma em uma hora.

O material vindo do almoxarifado do "meu" hospital ajudou muito. As mudanças de posição na cama também. As escaras diminuíram. Estávamos otimistas com o sumiço das feridas quando numa noite aconteceu o que eu não queria. Amália suava, com uma febre altíssima.

34

Perdi. Já estou há três dias na UTI do hospital. Mas lutei, resisti e caí em pé. Foram três crises respiratórias sérias, debeladas em minha UTI particular. Mas a doença pegou por outro lado. Uma infecção urinária. Tentamos resisitir com os antibióticos que tínhamos, mas não deu. Agora é esperar que ela melhore e que os filhos não cometam o absurdo prometido: transferi-la para uma casa de repouso. Hoje de manhã eles apareceram, com caras interrogativas a respeito do que eu teria feito de errado. Preocupação mentirosa de quem nunca sequer chegou perto do leito da mãe. Estão traçando o destino menos desejado para a minha paciente. Um internamento compulsório. Tenho certeza de que Amália ainda pode viver bem a vida. Infecções são comuns nos velhinhos, às vezes até pela inatividade. Ficam deitados, se movimentando pouco e os órgãos vão atrofiando, perdendo suas funções vitais. O duro é explicar pra esposa, marido, filho que sair, andar, tomar ar e viver é bom e fundamental. Amália às vezes abre os olhos, e logo faço-a perceber que não está sozinha. Imploro que seja forte, que melhore e nos surpreenda. Seus olhos perguntam como, e eu, sem resposta. Por enquanto só nos resta torcer.

Hoje vou até a casa, tomar banho e trocar de roupa. Cida não está. Em seu lugar um bilhete: "Fui visitar meus pais no interior. Volto na segunda-feira". A casa suja, com as marcas de quem saiu numa emergência. Sem vontade, apanho a vassoura e começo uma limpeza pelo jardim. A atividade caseira me acalma e aos poucos coloco as ideias em ordem. Traço planos. Vou resistir até o fim. Amália não vai morrer sozinha e abandonada. É muita sacanagem com uma mulher que é uma guerreira. E assim, determinado, comecei a deixar a casa pronta para a sua volta. E limpei, varri, esguichei, poli, esfreguei, desinfetei, deixando aquele lugar agradável de novo.

Dentro da casa, mais surpresas. Muitos quadros sumidos das paredes! Aquele festival de pregos é mais uma porrada em minha cara. Tentei identificar quantos e quais quadros tinham sido roubados. Liguei para Rita e ela, evasiva, estava em um momento difícil, sem tempo para poder se dedicar às questões aqui no Brasil. Decidi passar a noite na parte de cima da casa, tentando flagrar quem chegasse com segundas intenções. Não deu outra. No meio da madrugada, ouvi ruído de carro parando e porta batendo. Ansioso, olhei pelas frestas da veneziana e consegui ver Carlos que entrava. Depois de dois, três minutos, saí. Vi, na contraluz, o puto trepado numa cadeira, tirando um quadro da parede do vestíbulo. Acendi a luz e completei com um sonoro boa-noite. Deve ter se cagado com o susto que levou. Não falei nada, nem ele. Constrangido, desceu e disse que voltaria outra hora, desconversando. Perguntei se podia ajudar em alguma coisa. Ele percebeu minha ironia, me olhou com o ódio estampado na cara e saiu sem falar nada e sem virar para trás. Eu exultava. Tinha jogado areia no projeto de roubo dele. Mas sabia que alguma merda viria pela frente.

A semana foi tensa. Minha sorte é que Cida, alto-astral, estava encarando tudo aquilo como se fosse um filme de aventuras. Armamos um esquema para não deixar a casa sozinha um minuto sequer, e assim evitar ataques do ladrãozinho. Celular sempre ligado, mesmo estando no hospital. Por meio de torpedos, se alguma situação nova aparecesse, poderia estar ali em poucos minutos. E foi o que aconteceu num dia em que Maria apareceu. Imediatamente Cida mandou o torpedo. Dei um beijo na testa de Amália, disse já volto e saí correndo. Acelerei o carro, e na entrada peguei a sacana com três quadrinhos na mão. Mesma pergunta – "posso ajudar em alguma coisa?" – e ela desmontou, inventando uma desculpa esfarrapada: "Ia levar os quadros para o moldureiro, mas posso fazer isso depois". Cida, excitada, ria escondida e eu, quieto, encarava Maria, que espumava.

Com o antibiótico certo, Amália se recuperou rapidamente e uma semana depois voltava para casa, fraquinha mas feliz. Nenhum vestígio da infecção, mas novos cuidados se faziam necessários. As roupas, o fraldão, resquícios de urina formam o ambiente mais propício para a entrada de infecções. O cuidado agora era com a profilaxia da região urinária. Mantê-la limpa, desinfetada e o mais arejada possível. Passou a ficar algumas horas na cama, depois do banho, sem roupa e sem fralda, para que assaduras não se formassem. Minha arataca com cordinha e arames voltou a funcionar. O tempo foi passando e a normalidade voltou àquela casa, sem que os filhos aparecessem com as ameaças de transferência para um asilo.

Criei coragem e liguei para Joyce, com muita saudade dela e de Kelly, queria vê-las. Joyce vacilava, insegura. Envolvido com aquela situação, não via outra alternativa senão seguir com Amália até o fim e isso prejudicava a nossa relação. Propus que viessem passar o final de semana comigo na casa. Teríamos tempo de colocar a conversa em dia e traçar planos para um breve futuro. Ela não resistiu e disse que também estava com saudades e, mais que ela, Kelly, que sentia o meu abandono. Sexta-feira estariam lá.

35

Um sol maravilhoso em tempos de inverno premiou a vinda de minha família e pudemos passear pelo jardim e até pelas ruas do bairro. Amália e Kelly brincaram muito. Pela primeira vez Joyce e eu nos expusemos plenamente um para o outro. Ela me surpreendeu com suas posições. Defendeu com firmeza a sua vontade de estar sempre em seu bairro, com a sua gente e que mudanças só poderiam vir a partir daquela situação. Me percebi egoísta, ouvindo suas explicações. Por outro lado, ela entendeu o nó em que eu estava metido e prometeu que me ajudaria, desde que eu estivesse de acordo com a ideia de não abandonar minha família, meus amigos, minhas origens. Calmo, prometi que não as deixaria mais sem notícias e que sempre que possível estaríamos juntos.

As coisas foram se ajeitando. Cida chegou do final de semana e também pediu para falar sério comigo. Queria terminar a nossa transa, havia conhecido um cara na viagem, estavam namorando. Eu disse tudo bem, me sentindo feliz por não magoá-la, nem ser magoado.

Amália se recuperava. Voltou a ficar corada, olhos brilhando. Arriscamos passeios pelo bairro e saídas de carro para sessões de cinema dentro de *shopping centers*, abrigados do frio. Nos finais de semana, Joyce e Kelly vinham para nos visitar e incorporamos o namorado de Cida, que também vinha do interior. Estávamos donos daquela casa de novo, sem interferência de ninguém.

Era uma sexta-feira, início da tarde. Eu havia acabado de pôr Amália para dormir quando chegaram os dois irmãos, acompanhados de um cara, terno e gravata, cabelo engomado, para falar conosco. Mal tive tempo de mandar um torpedo para Joyce não vir e avisar Cida para fazer o mesmo com o namorado. Entraram na biblioteca e falaram aquilo que já sabíamos. Pedi licença para sair um pouco. Liguei para Rita, minha tábua de salvação, ainda que tão distante. O telefone não atendeu. Carlos apresentou o dr. Rocha, proprietário da clínica, que iniciou uma lenga-lenga, que os filhos pensaram muito e chegaram à conclusão de que seria melhor transferir Amália para uma instituição que cuidasse integralmente dela, com saúde, lazer e conforto. Entendiam e elogiavam o nosso esforço, mas a clínica era mais adequada e se gastaria menos dinheiro. Mostrou folhetos e fotografias retocadas de um local com atores sorridentes representando velhinhos. Perguntei por Rita e soube que ela estava com o marido doente, sem poder se dedicar a esses assuntos. Estava tudo explicado. Com o afastamento dela, os dois tomaram as decisões que faltavam, para o pior destino de Amália. Insisti pela última vez que ela havia melhorado muito e que a melhora estava ligada àquela casa. Maria pôs um ponto final naquilo dizendo que já estava decidido e que assim seria. Carlos deu aviso prévio de um mês, tempo de adaptação de Amália em sua nova vida, para isso contava muito com a minha ajuda, ficando com ela algumas horas por dia na clínica.

Sabia que ia ouvir aquilo algum dia, mas bateu como um soco no queixo. Meus olhos se encheram de lágrimas enquanto eles saíam da casa com a mesma rapidez com que entraram.

No quarto, fiquei não sei quanto tempo olhando aquele corpo que dormia, inocente, sem saber da armação que estavam lhe aprontando. Repassei os momentos em que estivemos juntos naquela casa e agradeci. Seria um legado para toda a minha vida. Segui naquela vigília por algumas horas, prenúncio do que aconteceria em breve. Estava jogando a toalha, entregando Amália de bandeja para aquele mundo mentiroso. Lamentei por um bom tempo, até que resolvi que fossem quais fossem as decisões seriam tomadas no terreno do alto-astral, não deixaria Amália perceber o que estava acontecendo e aproveitaríamos ao máximo os poucos dias que nos restavam de vida livre. Ela acordou, sorriu, me enchi de vontades transgressoras. Liguei para um restaurante e pedi comida sofisticada, para uma comemoração. Com louça que nunca fora usada antes, taças e talheres idem, fizemos um jantar maravilhoso e brindamos os belos dias passados juntos. Na madrugada, saímos pela cidade vazia, mas iluminada em todo seu esplendor. Refizemos os caminhos que em outros dias nos levavam aos teatros e salas de concerto, subimos a estrada que leva à serra da Cantareira e observamos lá de cima a cidade iluminada. Descemos de volta para São Paulo e, num acesso de loucura, embiquei o carro na marginal Pinheiros e enfiei o pé no acelerador pra ver até onde o ponteiro da velocidade conseguiria atingir. Gritamos de alegria, como nunca havíamos gritado antes. Retornamos e chegamos a casa com os primeiros raios da luz do dia, que davam ao céu um colorido maravilhoso. Seguimos para a biblioteca e terminamos nossa noitada ouvindo a todo volume:

Casta Diva, che inargenti
Queste sacre, queste sacre, antiche piante
A noi volgi il bel sembiante e
Senza nube e senza vel

Tempra o diva
Tempra tu de' cori ardenti
Tempra ancor lo zello andace
Spargi in terra
In quella pace
Spargi in terra
Che regnar,
Tu fai in ciel[3]

---

3 Casta Deusa, que prateias estes antigos ramos sagrados, a nós volta o belo semblante sem névoa e sem véu.
Acalma, oh Deusa, dos corações ardentes, acalma também o zelo audaz. Espalha sobre a Terra aquela paz, que reinar tu fazes no céu. *Norma*, V. Bellini.

36

Já faz um mês que Amália está internada na clínica do dr. Rocha. É um lugar afastado da cidade, numa estrada. São pequenos apartamentos e casinhas distribuídos num terreno plano, um laguinho artificial, além de pequenas ruas, que levam ao prédio principal, a um refeitório e a um quiosque de lazer dos pacientes, cheio de mesas com feltro verde, jogos de dominó e espreguiçadeiras. Enfermeiros e ajudantes se revezam no cuidado daquele grupo de cabeças brancas e olhos assustados. Desde que chegamos, Amália se encontra deitada e sem sair de sua casinha. Visivelmente abatida, perdeu completamente o que tinha de mais lindo em seu rosto: o brilho nos olhos. O Luís Carlos, o cara que me colocou na profissão, trabalha lá e facilita as coisas, inclusive minha entrada à noite, já que a família me proibiu de estar sempre com ela. Nesse mês que passou, além dos enfermeiros, que são impessoais e frios, fui o único que viu Amália. Sigo na missão de mantê-la viva, mas está cada vez mais difícil. Na casinha não tem som, nem livros, nem nada. Leio para ela alguma coisa, que sempre trago comigo. Serviçais trazem de tempos em tempos alguma comida insossa, que ela come com muita dificuldade. Em seu armário, agora mínimo, ela alterna três ou quatro mudas de roupa, escolhidas sem o menor critério, deixando-a descombinada e desleixada. A peruca malcheirosa de novo em sua cabeça, para esconder os cabelos que voltaram a cair. Este é o quadro.

Ainda desorientado e sem saber o que vai acontecer comigo, volto às noites para a casa do Pacaembu, para fumar e refletir. Quanto tempo durará? Vale a pena continuar vivendo assim? Ela definha dia a dia. Não consigo parar de pensar também naquele centro de convivência que vi na Barra Funda. Criar um lugar assim, na minha região. Seria uma saída para meus impasses? Noites insones, pensamento me enchendo de dúvidas e esperanças, junto com a tristeza por saber que Amália está indo embora. E, mais uma vez, sonho. Agora é com aquele casarão totalmente vazio. Nas paredes, apenas manchas de poeira e pregos. Num último sofá que ainda resiste, Maria, deitada e nua, me chama. Eu vou, cheio de vontades, e ela vira fumaça e desaparece. Um cheiro vindo da cozinha me anima. Abro o forno e vejo pães de queijo, que se desfazem assim que tento pegá-los. Saio frustrado, procurando. Entro na biblioteca, que já não tem nenhum livro em suas prateleiras, e no meio daquela enorme sala vejo o Opala vermelho, tinindo. Giro a chave e nada. Abro o capô e ele está sem motor. Me vejo agora na cama de Amália, agulhas enfiadas nos braços, equipamentos de UTI funcionando, me mantendo vivo. Assustado, grito forte e acordo suando, ofegante.

Ainda trêmulo, saio caminhando pelas ruas do bairro. É madrugada e os cachorros latem a cada casa que passo. Os guardas mais assustados que eu colocam suas cabeças para fora das guaritas. Atinjo a avenida e continuo caminhando.

Chego na clínica com o dia querendo amanhecer e sou barrado na portaria por seguranças que estranham minha presença para visitar uma paciente àquela hora da madrugada. Dou a volta e acompanho o muro alto que cerca a clínica. Tem uma árvore quase colada nele. Se conseguir subir, passo pra dentro numa boa. Foi pensar e fazer. Do alto da árvore, vejo o lago e as ruas da clínica ainda desertas. Num pulo, chego ao muro e me dependuro, com as mãos esticadas olho para baixo e me solto. Bato forte no chão, me desequilibro e caio. Me aproximo rapidamente da casinha, sentindo muita dor no tornozelo machucado.

Amália está sozinha, acordada e olhando para o teto. Ao me ver, ela se acalma e pelo aperto de sua mão sinto o quanto ela precisa de mim. Ao tocá-la, percebo como ela emagreceu naqueles dias. O corpo frágil, pele e osso, e o olhar inexpressivo. Conto as dificuldades por que estamos passando e peço que me ajude olhando em seus olhos. Ela se esforça muito para mostrar um brilho lá no fundo, querendo me dizer alguma coisa. Sinto que ela também já não está aguentando mais, como se pedisse para ir embora. Neste momento a porta se abriu e um bando de seguranças adentrou a casinha, me agarrando com violência e me tirando de lá. Com serenidade, me afastei, olhos sempre grudados nos de Amália, como se a partir daquele momento tivéssemos selado nossos destinos. E saí da clínica pensando em como voltar para um último encontro.

Meu tornozelo dói. Estou sujo e rasgado e sem dinheiro no bolso. Me sinto enlouquecendo. Preciso tomar uma decisão drástica, aquela mulher não pode continuar vivendo daquele jeito. O cérebro está formigando e traça planos radicais. Pego um táxi, na caixinha da copa ainda tem uma grana. Já em casa, me enfio num banho demorado. As ataduras da minha UTI servem para imobilizar o tornozelo. Deitei e dormi profundamente. Acordei já noite e desci para a biblioteca. Pela internet, pesquiso as possibilidades de aliviar o sofrimento de Amália.

Barulhos no portão e depois na porta. Onze e meia. A biblioteca se abre e Maria, bêbada, entra. Solto os cachorros. Falo tudo. Estão matando Amália, deixando-a abandonada naquela clínica. É o momento em que ela mais precisa de carinho e da compreensão dos filhos e o que se vê é ganância, egoísmo e descaso. Seu olhar me fuzila. Meus dias naquela casa estão contados.

37

Acordei, fui à cozinha e preparei um belo café da manhã, ovos fritos, torradas com manteiga. Liguei para o Luís Carlos e articulei com ele minha última visita, que teria de ser feita às escondidas, depois da cena que aprontei. Faria tudo para me ajudar, ligaria de volta em alguns dias. Fui para a biblioteca do Conselho de Enfermagem e li artigos, apostilas, coisas que havia estudado anos atrás. Encontro o que queria. Anoto a substância e dosagens. Agora no hospital, por meio das amizades e do crachá que encontrei no saco de roupa suja, vou até o almoxarifado e subtraio algumas ampolas. De volta à casa do Pacaembu, encontro Carlos e Maria sentados na sala de visitas. Comunicam com frieza que eu devo deixar a casa o quanto antes. O prazo se esgotara. Um último cheque com salário e outros valores de rescisão. Acatei sem questionar. Preocupado com outras coisas, queria que eles saíssem de lá o quanto antes para eu me concentrar no plano com Amália. Preparei a solução, misturando os líquidos das ampolas. Guardei tudo bem escondido na geladeira e saí de novo para o Jardim Ângela. Vontade de encontrar Joyce e Kelly, retomar a vida, realizar projetos. Joyce não estava em casa nem na casa de sua mãe. No Porcão, entornei várias cervejas acompanhadas de um tiragosto nojento. Queria me controlar, tinha que falar a sério com Joyce. Minhas desculpas, meus planos, minha vontade de que tudo desse certo desta vez.

Entro em casa já de madrugada, com medo de acordar minha mulher. Em função de meu estado etílico lamentável, durmo na sala, até acordar com cheiro de café no ar e o sorriso de Joyce que me olhava com ternura. Tomo uma chuveirada para ficar um pouco mais apresentável e volto para a cozinha. Poucas palavras, mas muito carinho. Agora era pra valer. Eu estava voltando pra ela e para o bairro. Com Kelly ainda na escola, aproveitamos para fazer amor. Contei que Amália estava em estado terminal em uma casa de repouso. Queria mudar a minha vida. Falei do centro de convivência, um espaço de leituras, artes, atividades para crianças e idosos. Contava com a ajuda dela para montar um projeto e fazer a comunidade apoiar a nossa ideia. Ainda naquela tarde fomos até a rua de comércio procurar um lugar ideal. Fotografei vários e anotei telefones de imobiliárias. Pesquisamos na internet por centros parecidos, editais de patrocínio, documentos exigidos. À noite, continuamos com o nosso sonho, planilhamos tarefas, desenhamos plantas baixas. Listamos nomes de possíveis colaboradores e patrocinadores. Muito trabalho pela frente, mas estávamos animados e felizes. Dia seguinte Joyce iniciou uma pesquisa na vizinhança, verificando o interesse das pessoas pela iniciativa. Imprimi os editais e as fichas de inscrição. O primeiro passo seria criar uma associação e pelo número de interessados seria fácil. Marcamos uma reunião com os vizinhos. Só pensava naquilo e trabalhei muito, visitando lojistas, pequenos empresários e órgãos do governo, cobrando comprometimento. Todos viam com bons olhos a iniciativa, prontos para colaborar assim que a associação passasse a existir. Por outro lado, estava preocupado com a demora do Luís Carlos e com saudades de Amália. Liguei algumas vezes, deixei recados e nada.

Menti pela última vez para Joyce: ganhei livros da família de Amália e os traria para casa e para o nosso projeto. Ela acreditou, sabendo que eu estava mentindo.

No domingo o telefone tocou, quase à meia-noite. Luís Carlos me chamando para terça-feira cedo, na padaria que fica na esquina da clínica. Precisava voltar à casa do Pacaembu, preparar tudo.

Entrei na casa com uma chave que não havia entregado de volta para os filhos de Amália e vi novamente o cenário desolado de dois anos atrás, quando cheguei lá. O jardim destruído, os toldos rasgados de novo e o cinza predominando na paisagem. Lá dentro, o susto. Tinham roubado quase todos os quadros. Na entrada, agora solitário, o retrato de Amália com a dedicatória. A cena era triste, a casa estava se acabando. Na biblioteca, mais desolação. Livros fora das estantes, jogados. As paredes também cheias de pregos sem quadros. Fui até a garagem e, com minha chave, liguei o Opalão, que funcionou bravamente, apesar dos dias em que ficou parado. Deixei funcionando por alguns minutos, enquanto separava caixas de papelão que estavam dobradas numa prateleira. Voltei para a casa, peguei as ampolas na geladeira e saí. Perto da porta, vi no chão um porta-retratos com uma foto de Amália. Acho que a mais bonita. Ela, vestido de gala, sorrindo para a câmera. Um sorriso suave, sincero e aqueles olhos negros brilhando sempre. A foto sintetizava Amália, uma tradução. Guardei na mochila o porta-retrato e a caixinha com as ampolas, seringa e agulhas. Voltei ao Jardim Ângela para me preparar para nosso último encontro. Repassei todos os detalhes, conferi os equipamentos e fui dormir cedo para não perder a hora.

Cheguei na padaria com o sol ainda raiando. Um pingado e um pão na chapa, sentei e esperei. Mais ou menos uma hora depois chegou o Luís Carlos, passando as informações. Entrar no carro da lavanderia que estava encostado na rua ao lado. Me esconder atrás da roupa lavada. Lá dentro, correr para a casinha de Amália e esperar ele chegar. Entre as roupas, senti o carro andando. Pelas vozes dos seguranças percebi quando parou na portaria da clínica e me aliviei quando o carro andou de novo. Pronto. Estava dentro. Agora faltava pouco.

38

Já na casinha, fui me acostumando com a escuridão. Tão magra, seu corpo se confunde com as cobertas, sem criar volume que identifique uma pessoa deitada ali. O ar viciado. Mesmo sem vê-la, sabia que estava sendo maltratada. A porta se abriu, a claridade entrou e junto com ela Luís Carlos, aflito, dizendo que teria pouquíssimo tempo até a troca dos seguranças. Pedi para ficar sozinho com Amália, seria uma despedida e ele entendeu.

No banheiro, preparei a seringa. Voltei ao leito. Ela estava acordando e, sem energia, tentou esboçar um sorriso. Ao tocá-la, senti os ossos sobre a pele fina, quase rasgando. Seus olhos tentavam me olhar, já opacos, sem vida. Falei que eu estava ali para me despedir. Fomos até o fim, mas perdemos. Já não sabia mais o que fazer. Ela piscava os olhos sinalizando que estava entendendo o que eu dizia. Peguei suas mãos e agradeci. Obrigado, Amália, por tudo, chegou o fim. Do jeito que está, é melhor morrer. Peguei a seringa que havia preparado e mostrei para ela, que, serena, piscou, consentindo que aquela loucura fosse feita. "Amália, valeu a pena. Vai, pode ir. Com certeza vai ser melhor que este inferno em que você está. Vai, está tudo bem. Eu estou bem, seguro, com projetos e vontade de continuar vivendo. Vai, Amália, fecha os olhos, pode ir. Você estará sempre presente nos meus pensamentos e em tudo o que eu fizer. Vai, querida. Fecha os olhos, pode partir."

E Amália fechou os olhos naquele momento e morreu, tranquila. Me poupou de lhe aplicar a injeção que eu havia preparado.

Saí da clínica altivo, pela porta da frente e segui para a casa do Pacaembu, aliviado. Faltavam pouquíssimos capítulos e a novela chegaria ao final. Pelos meus cálculos, só descobririam que Amália estava morta no momento de seu banho, ou seja, no final da manhã. Antes, os enfermeiros mal entravam no quarto para ver se ela estava acordada. Eu pretendia me trancar na casa e colaborar para o desmonte. Teria muito trabalho pela frente.

Ninguém havia aparecido por lá desde a última vez. Depois de comer alguma coisa, entrei na biblioteca e comecei a separar os livros em ordem alfabética e por gênero. Cada título relembrado com carinho e emoção fez com que a operação demorasse bem mais do que o previsto. Peguei as caixas de papelão, fita adesiva, folhas de papel em branco e uma caneta grossa com ponta de feltro. Fui colocando livro por livro lá dentro. No computador, listava os títulos, o conteúdo da caixa e imprimia duas vias. Uma ficava lá dentro e outra numa pasta. Depois fechava, marcava-a com uma numeração e colocava dentro do Opala. Foram doze caixas, com uma média de quarenta livros por caixa, ou seja, perto de quinhentos livros. Voltei para a biblioteca e recoloquei nas prateleiras os que sobraram, bem espaçados para não dar bandeira. Fui até os CDs e peguei três: *Cavalleria rusticana, Norma* e *Traviata,* todos interpretados por Amália. Coloquei um *pen drive* no computador e copiei os arquivos importantes. Depois formatei o disco, eliminando tudo que pudesse denunciar minha passagem por aquela casa. Anoiteceu, comi de novo, bateu meia-noite e me preparei para sair. Pelo portão da garagem, coloquei minha cara para fora. Todos os guardinhas dormindo em suas guaritas. Empurrei o Opala e fechei o portão. Desci, motor desligado e fiz pegar no tranco, quase já na avenida Pacaembu. Ninguém percebeu que eu havia saído. O carro pesado, lotado de caixas, apenas o espaço do motorista vago. Demorei uma hora para chegar ao Jardim Ângela. Joyce me ajudou a tirar as caixas que foram colocadas na sala e no nosso quarto. Tomei uma xícara de café forte, beijei minha mulher e voltei pra dentro do Opalão. Minha despedida. Acelerei o bicho na marginal, até colar de novo o ponteiro do velocímetro na velocidade máxima. Ria sozinho, sentindo falta de minha companheira de transgressões. Logo cheguei ao Pacaembu. Parei o carro na rua acima e desci a pé. Abri o portão, voltei para o carro, soltei o freio e ele desceu silencioso, pegando velocidade, fiz a curva e ele entrou na casa. Fechei o portão e empurrei o carro até a garagem. Pronto. Subi até o terraço e fumei meu último baseado, homenagem a Amália, pensando agora na minha nova vida, nos meus projetos. Me sentia feliz, com a sensação plena do dever cumprido. Tinha certeza de que não iria acontecer nada, ninguém iria me questionar, nem sobre a ida à clínica, nem sobre o sumiço dos livros, ou a morte de Amália, de nada. Amanheceu, peguei minha mochila e percorri todas as dependências daquela casa tão importante para mim. Olhei cada quadro e objeto que ainda sobravam por ali. Fotos também. Saí pela porta da frente, a mesma por onde havia entrado dois anos atrás. Subi a rua observado pelos vários guardinhas que se espreguiçavam, saindo de suas diminutas guaritas e das empregadas domésticas que iniciavam mais um dia de interminável chac chac chac, tentando remover do chão o cheiro e as marcas que insistiam em ficar. Na lixeira do ponto de ônibus, joguei a chave da casa e fiz sinal para o Butantã–USP. Subi e ele arrancou, colocando um ponto final naquela jornada.

39

Obituário

A soprano lusitana Amália Sobreira, de 81 anos, faleceu ontem, segundo comunicado emitido pela família. De acordo com os parentes, a cantora, que lutava há alguns anos contra o mal de Alzheimer, morreu em uma clínica de repouso perto de São Paulo, por falência múltipla dos órgãos. Depois de alguns anos vivendo reclusa em sua residência, ultimamente Amália era vista em concertos e espetáculos de ópera, sempre acompanhada de seus enfermeiros. O corpo está sendo velado no palco do Teatro Municipal de São Paulo, local onde foi por várias vezes aclamada por plateias amantes do belcanto. Apelidada por seus fãs como "La vocce", Amália é reconhecida em todo o mundo e, apesar de portuguesa, foi responsável por levar o nome do Brasil aos palcos e plateias de toda a Europa, Ásia e Américas. Interpretou inúmeros personagens durante quatro décadas de carreira, destacando-se suas inesquecíveis Norma e Santuzza, de Cavalleria rusticana. *A soprano ganhou fama entre os seguidores de ópera, sendo apontada como a sucessora da grande Bidu Sayão.*

Amália era viúva do barítono Amadeu Barata e deixa filhos e neto. A cerimônia de cremação deverá ocorrer amanhã, no Crematório Municipal da Vila Alpina.

40

Seis meses depois...

HAPPY END

Jornal do Jardim Ângela, 22 de Agosto de 2012
Da reportagem local

Foi inaugurado hoje o Centro Cultural e de Convivência Amália Sobreira, no Jardim Ângela. O centro surgiu da necessidade de se criar no bairro um núcleo de complementação escolar que atenda a crianças, adolecentes e idosos, levando o fortalecimento da vivência comunitária para a população local, tão carente de iniciativas como essa. Segundo seu coordenador, Jefferson Graça do Nascimento, o Jeff, líder da comunidade, o centro atenderá diariamente perto de mil crianças e jovens, além de quinhentos idosos, que receberão especial atenção com atividades corporais, de leitura e audição musical. O centro nasce como uma iniciativa da própria comunidade e terá como preocupação central a instalação de um projeto-piloto voltado à redução da criminalidade no Jardim Ângela, considerado um dos bairros mais violentos da cidade.

"Queremos que o centro seja uma referência no atendimento aos jovens, crianças e especialmente aos idosos, portadores de doenças senis, aproveitando nossa experiência nessa área", conta o ex-enfermeiro Jeff.

Os recursos para viabilizar o projeto virão de doações sistemáticas do comércio e indústrias locais e a capacitação profissional será feita por moradores do bairro para moradores do bairro, o que cria um projeto autogestionado desenvolvido pela comunidade em seu próprio benefício. O Centro Cultural e de Convivência inicia suas atividades em um prédio situado na avenida principal, com seis salas e um quintal transformado em galpão para apresentações teatrais, musicais e de dança, além de projeção de filmes. Uma biblioteca que começa com quase oitocentos livros, a maior parte vinda de um doador anônimo, completa o equipamento.

Obras citadas

Moby Dick, Herman Melville, trad. Péricles Eugenio da Silva Ramos, Abril Cultural, 1980.

As vinhas da ira, Steinbeck, trad. Ernesto Vinhaes e Herbert Caro, Abril Cultural, 1979.

Feliz ano novo, Rubem Fonseca, Ed. Artenova, 1975.

Equador, Miguel Sousa Tavares, Ed. Nova Fronteira, 2004.

A cidade das feras, Isabel Allende, trad. Mario Pontes, Bertrand Brasil, 2009.

Agradecimentos

Francisco Francigleudo da Silva, o Chiquinho, superenfermeiro que me ensinou todos os macetes da profissão e me impregnou com seu otimismo, a ponto de me fazer querer escrever este livro.

Dra. Maria Emília Queiroz, enfermeira e acadêmica, por sua visão também otimista da profissão de cuidador e pelo esforço no garimpo de todas as informações para que esta ficção estivesse minimamente embasada.

Paulão, grande companheiro de trabalho, que gentilmente me hospedou em sua casa no Capão Redondo, pelas conversas nos botecos e por me deixar participar de sua vida durante dez inesquecíveis dias.

Eliane Mingues, pelo amor e pela paciência.

Liniane Haag Brum, que entre vários cafés tomados em padarias barulhentas, sempre me estimulou com seus conselhos e me fez retomar este projeto.

Paulo Esper, nome reconhecido no cenário lírico, que muito me ajudou na composição do passado de minha personagem.

Áurea Rampazzo, que, pela minuciosa leitura em conjunto do texto, me demonstrou que “literatura é poda”.

Ugo Giorgetti, leitor atento das primeiras versões, que me apontou caminhos importantes para melhorar o entendimento da história.

Eliana Sá e Eveline Albuquerque, pelo esforço e pela vontade de que este livro acontecesse.

Ivani Cardoso que, empolgada e solidária, se propos a ir muito além do que seria a simples divulgação de mais um livro.

Adriano Escanhoela, pelas belas fotografias de um péssimo modelo.

Sergio Haddad, pelo estímulo passado em algumas horas de bate-papo, que também me fez retomar este projeto.

Noemi Gerbelli, que me contou o final da história e deixou o texto muito mais poético.

Dyra Oliveira e Marlon Mendes, sorrisos sempre inspiradores.

Ana Maria Pamplona, Ana Carolina Nogueira, Isa Castro, Manuel da Costa Pinto, Reinaldo Morais, Tuta Magaldi, Pedro Galé, Paulo Jordão, pelas leituras prévias.

Um agradecimento especial a Marcio del Picchia, por acreditar e viabilizar meus projetos.

A todos que, com olhares e palavras, acreditaram neste livro, ainda que não tenham se dado conta disso.

Conheça outros títulos da SÁ EDITORA

Literatura nacional

CARTAS AO CÃO
Tatiana Busto Garcia

A METADE IDEAL
Judith Brito

AOS OLHOS DE UM CEGO
Sérgio Sá

Literatura internacional

A NOITE DOS DESESPERADOS
Horace McCoy

O ATENTADO
Yasmina Khadra

PALAVRA PERDIDA
Oya Baydar

BABYJI
Abha Dawesar

Nosso catálogo completo em
www.saeditora.com.br

Esta obra foi composta por Eveline Albuquerque
em Iowan e impressa em papel pólen soft 80g/m²
pela Bartira Gráfica e Editora para a
Sá Editora em maio de 2013.